暗き世に爆ぜ

俳句的日常

小沢信男

みすず書房

暗き世に爆ぜ　目次

Ⅳ

暗き世に爆ぜ　俳句的日常

I

非暴力の潮　3・11と私

三月十日は東京大空襲の日で、昨年〔二〇一一年〕も両国の慰霊堂へ詣った。参拝者は依然多数ながら爾来六十余年、年々に減る気配はある。

翌十一日午後二時四十六分には、たまたま根岸商店街の路上にいた。電柱がゆさゆさ揺れて、人々が飛びだしてきた。いそいでもどると築四十年の小宅は意外にぶじで、転倒防止の箪笥の上の立雛がケースからころげでていた。谷中《やなか》墓地で倒れた石灯籠をいくつかみた。屋根瓦の落ちた家も諸処にあった。古い町場は、震度5ではその程度とみえます。

それからはテレビをみつづけた。押す津波、引く津波。佇ちつくす人影。福島原発がみるみる崩壊して、消防隊は必死なのに、学者さんたちは平然と心配ないような口ぶりでいる。圧倒的な映像と、空疎な言辞がないまぜの時期がありましたなぁ。

現場へ馳せ参じたい。映像は、三陸から北関東への惨状をありありと現前させて、とりわけメールやインターネットの効力に打たれた。すごい時勢になったものだ。くらべれば現場は一部の目撃ではあろうが、音も匂いもナマだからな。肌身にひびいて、千載一遇、映像とはやはり決定的にちがうはずだ。

とはおもえども。八十すぎた老輩が足手まといに被災地へ近づく場合か。この地震列島に、かくも危険な原子力発電所が「五十四基とは知らぬアホーのおれおまえ」おくればせに学習すべきことが多々あろう。

やがて「さようなら原発1000万人アクション」の運動がおこり、呼びかけ人のなかに、畏友の鎌田慧もいる。これに微力参加ときめて、脱原発の署名集めと、デモにでる。

九月十九日の明治公園の集会は、六万人も雲集してものすごかった。千駄ヶ谷駅のホームが満杯で、一時は昇降不能になった由。老幼まじえた個人参加と、諸団体の旗また旗。官公労の旗もけっこう翻っていて、これに刮目する。

じつは某組合機関紙の、川柳の選者を私は多年うけもち、さきに左の句を天に選んだ。「四度目は自己責任の放射能」広島、長崎、第五福竜丸のあとに自前の福島ですものね。選評を「原爆も原発も反対」と結んだ。

すると本部から電話があり、この結語を控えてくれという。さては原発推進なのかとたずねると、目下検討中ですと。震災から数ヵ月もたちながら。つまり連合などの大幹部連は経団連と仲よしとみえる。してみればここに旗を翻すのは、各単産、支部、分会ごとの積極行動でしょう。地方分権の時勢なんだ。

川柳選評は署名記事で私の責任ですよ、と抗議したが、それ以上にはねばらない。その後も大震災がらみの句を選びだす。「原発の悪魔に追われ生き地獄」福島からの投句でした。「身近すぎてもうこわくない放射能」反語、ひらきなおり。やたらな忌避よりも正確な認識の共有を。選評に「脱原発」と記すとこんどはそのまま載りました。

たとえば経済産業省まえの角地の「脱原発テントひろば」は、坐りこんで百八十日を越える。林立する応援の幟《のぼり》は、かくも非暴力のたたかいが各地に蜂起している証でしょう。

十代のころ、空襲下の東京にいて、地平線までの焼跡をみた。焼死体もみた。かえりみればあのあたりに、生涯の課題が根ざしたとおもいます。全国的に同世代の同憂だったはずです。世直し。星霜六十余年、あげくのはてが原発五十四基とは。われらは高度成長という世直しを、効率的な中央集権でまっしぐら。そこらをけちらかして地平線までニュータウンにしてのけた。近代自我の確立のこれが到達点かい？

科学万能。人間が全知全能のつもりでいいのかね。この思いあがった近代をどうにか致さねば、という反省をちかごろ諸処でうけたまわり、傾聴する。こんにちの同憂。世直しのやり直し。

いやそれも、ほどなく風化するさ。という危惧も期待も、いちおうご尤もです。忘れっぽくて後生楽なわれら日本人だものねぇ。とはいえ、どっこいそうとはかぎるまい。

「流されていった命を見た命」マグニチュード９にゆすぶられ、津波の飛沫を浴びた東日本の若者たちに、生涯の課題とならないはずがあろうか。映像を介して目撃した全国の諸君にも。右は大分からの投句でした。

空襲の焼跡からの世直しが、つい手つかずにきた官僚的中央集権は、もはや制度疲労でしょう。つみあげた既得権益に身動きもならぬほどに。中央の安泰のためにはなるべく遠方を踏みつけて、カネで横っ面はたけばなんとかなった来し方にせよ。

歴代の愚民政策が、かくもあからさまになった3・11以降だぞ。三陸から北関東の若者たちと、沖縄の若者たちと、それからあっちこっちが呼応して。めざましい非暴力のたたかいの潮が、このどうしようもない近代を、ひたひたとのりこえてゆくでしょう。

わが俳句的日常

百寿とは

六月二十八日（金）晴　正午、東向島の千成寿しへゆく。奥の座敷に参会十三名。月例の「金曜句会」は午後一時半からだが、ときおりこういう例外がある。メンバーに、大正二年生まれの媼《おうな》と、昭和二年生まれの翁《おきな》がいて、ともに六月が誕生月、めでたく満百歳と八十六歳になったのを祝う昼食会だ。

この翁が、じつは私で、三日まえに百歳になったばかりの林もゝ子さんとならんで花束をいただく。ビールで乾杯。いっせいに食いつつ語りつ笑いつ、口が忙しい。

世話役のMさんが言う。この会の発足は十七年前で、以後毎月ひらいて、今日が百九十一回目だよ、十七年前のノートをみたら私のなんか句にもなっていないのさ。さすが世話役、古いノートも保存しておられる。

そもそもは、墨田区の生涯学習センターで「俳句を楽しむ」講座をひらいた。たまたま講師をひきうけたのを機に、俳書の勉強も多少はした。とりわけ『去来抄』を何度か読みかえした。つまり泥縄。そもそもは『久保田万太郎句集』がやたら気に入り、見真似でつくりだしたのが五十代で。そして六十代の『去来抄』と。打ちあければこの二冊がネタ本の、わが俳句的日常であります。

週一回の三ヵ月で一括りの講座を四度、一年間はつづけて、どうにか泥縄が綯《な》えた気がして辞めた。すると、もっと続けようと受講の人々が言うので、月例の句会を立ちあげた。それでこんにちに至るのですが。この間にやめた方亡くなられた方の一方に新加入の方々もいて、常時十五名前後。車座にころあいの人数で、選句の間はしずかだが、披講となるとたびたび笑いが湧く。失笑から爆笑まで百九十回は笑ってきたので、健康にはいいだろう。若いお母さん方がいつのまにか若いおばあさんになっていたりもするが、みんなで老ければこわくもないのだ。

第四金曜日には、居住の台東区からバスで墨田区へくる。白鬚橋をわたるたびに隅田川の眺めは、車窓からでも胸が晴れる。または胸をかすめる、来し方のあれやこれや。ちかごろはスカイツリーの新風景も加わった。

食事を終え、すぐ近くの生涯学習センターの一室へ移る。手押し車でゆっくり歩む林さんを、誰彼となく気づかう様子。ちかごろ休みがちのこの人を、本日はとくに誘いだし、家まで送り迎える段取りらしい。たがいに多忙な暮らしだろうに、声をかけあい無造作みたいにやってのける。どうやらこの土地のそんな気風らしいのです。

句会はすすみ、最高点となった句は

百歳の港寿ぐ濃《こ》あじさい

なるほどなぁ。誕生日という港へ、めでたく入港した百歳の船が、明日にはまた錨をあげてゆくのだろう。丘のあじさいたちがいっせいに満開に寿いでいる。まさにこの日こその慶祝句に一同拍手して、百九十一回目の談笑となる。ところが

百寿とは亡き父母に感謝のみ

この無季の句に点を入れた者が二名いて、右の最高点の作者Sさんと、私。一読、林さんの作なのは明白で、胸を打たれた。ボケて季語を忘れたのではないよ。「サポーター離せぬ膝や梅雨じめり」も林さんの投句で、兼題の梅雨がちゃんと入っています。

林さんは、関東大震災のときは群馬県沼田の在の小学生で、池の水がバケツを揺するように跳ねあがるのを見たという。あれから今年〔二〇一三年〕は九十周年だ。その間に、この地へお嫁にきて、戦災や、復興や、神武景気や、バブル崩壊やをくぐりぬけるうちに、曾孫、玄孫《やしゃご》にもいまやめぐまれた。趣味の書道では当区の重鎮のおひとりでもある。よくぞここまでこられた無量の感慨が、せんじつめれば亡きご両親への感謝となるのだな。なにしろ春夏秋冬を百回くぐりぬけてきたのだぞ。些々たる季語など超越したっていいではないですか。

ともあれ、この人とならんで肩を寄せあうと、私は、お姉さまと仲好しの十四歳も若いボーイフレンドのわけなので。文句なしのこれは事実で、気分がいい。

私の投句「蚊の羽音はらいつ打ちつ待ちぼうけ」は、七点いただいて、やっと六位にすべりこんだ。

暗き世に爆ぜ

八月三日（土）晴　午後、駒込の染井霊園へゆく。緑陰のお茶屋山田屋のガラス戸をあけると、待ち合わせの顔ぶれがほぼ揃っていて、本日は外骨忌《がいこつき》。今年で三十二回目です。

宮武外骨は、一九五五年（昭和三十）七月二十八日の暑い盛りに亡くなり、享年八十九。五十八年もむかしのことだ。故人を偲ぶ会は歿後すぐにはじまり数年で止んだりもするのでしょうが。この外骨忌は、歿後四半世紀もすぎてにわかに発足、こんにちに至る。一風変わっている。なにしろ宮武外骨だもの。

この人は、奇矯な出版活動で明治大正昭和をつうじて大いに暴れた。筆禍による入獄四回、罰金・発禁二十九回。それほど過激でいながら愛嬌があって、一世風靡の人気者だったらしいのですね。それが世に忘れられた。たぶんあまりにケタはずれのために。

そして四半世紀後に、次世代の具眼の士たちに再発見される。画家で作家の赤瀬川原平さん、筑摩書房の名物編集者松田哲夫さんあたりを中心に、古本屋の隅から奇妙におもしろい古雑誌をつぎつぎに発掘し、ついに外骨主宰の「滑稽新聞」全冊のリバイバル刊行へ。外骨の最晩年を、少年期に共に暮らした吉野孝雄さんの本格評伝『宮武外骨』（河出書房新社、一九八〇年刊）が日本ノンフィクション賞を受賞して。まさにルネッサンス。外骨忌の発足もそのころでした。

愛読者、研究者、編集者の有志が、真夏の日盛りにここに集まり墓参をして、それから浅草へ移動してお清めの酒盛りとなる。墓参だけ、お清めにだけ参加する人もいる。老来私は墓参組で、酒盛りは遠慮しています。

『宮武外骨著作集』には、古川柳にかんする記述は多々ある。『柳多留《やなぎだる》』の作者は五十人や百人でないぞ、さまざまな階層の無数の人々による貴重な記録集だぞ、という立場の蒐集と研究です。江戸川柳にかぎらない。大正大震災時に、だれかが「須田町に広瀬中佐が焼残り」という句をつくり、軍神にたいし不謹慎と非難されたらしいが、外骨は反駁する。後世になってみろ、「軍国主義の代表物として著名な銅像は」猛火にも焼失しなかったという史実の参考になるではないか。

なるほど。後世のこんにちでは、あの銅像は空襲の猛火にも焼け残ったが、敗戦後に軍国主義鼓吹の代表物として撤去されてしまった。という史実の参考資料でもあるなぁ。五七五という記録芸術の効用でした。

さて、二十名ほどの一同うち揃ってお墓参りへ。大通りを直進、水原秋桜子《しゅうおうし》の墓所前を通過して、左へ右へ左へと入りこみ、四つ目垣の墓所に到着。やや菱形にすらりと立つ自然石の墓表に「宮武外骨霊位」と雄渾の筆跡です。一同順ぐりに線香と水を手向けて礼拝し、用意の日本酒で乾杯。世話役の吉野孝雄さんが「えー、本日のお披露目です」と、名刺受けの小さい石柱の脇腹を指さす。「かねて懸案の句を、ここに刻みました」
なにやら読みにくい筆跡で「宮武外骨の墓をたずねる」と前書きして

暗き世に爆《は》ぜかえりてぞ曼珠沙華《まんじゅしゃげ》　信男

なにを隠そう私の句です。昨年の外骨忌のときから吉野さんに口説かれて、意を決してへたくそな文字をつらねて差しあげたら、さすが石工の職人芸、そのまま巧みに刻まれた。

吉野さんが言う。「だいぶ以前に赤瀬川原平さんが、ここに曼珠沙華を植えて、ひところ秋には咲いていたんだが、それをご覧になっての句ですかな」

うーん。この句は三十年ほど前の旧作で、時期的にはたぶん重なるが、赤瀬川さん手植えの華の印象のみでもなかった。「滑稽新聞」誌上には毎号、主筆の外骨が頭から癇癪玉をハデに破裂させた絵が載っている。まさに八方破れの曼珠沙華的で、爆ぜくりかえったご生涯であるなぁ……というこころです。

「ははぁ」と隣で松田哲夫さんが「それでこれが小沢さんの、唯一の句碑ですか」。

そうです。名刺受という実用の具に、相乗りさせていただいたのがミソなので。

「つまり小沢信男の」と松田さんが念を押す。「唯一の文学碑なんだ」

一同アハハ。そうなんだなぁ。ほかならぬ宮武外骨さまの、玄関番風に控えているのが光栄です。

三十年前に本気で俳句をつくりだして、よかったよ。みなさん、ありがとう。

賛々語々　二〇一六

一葉忌

一葉忌ある年酉にあたりけり　万太郎

樋口一葉の祥月命日は十一月二十三日。その日に、二の酉が重なる年がある。久保田万太郎の右の句は、昭和二十四年（一九四九）暮れの作なので、それ以前のある年だ。十年置きぐらいにはめぐってくるらしく、なにを隠そう今年〔二〇一六年〕が、二の酉とずばり当りです。

酉の市と重なったら、どうなのか。一葉をしみじみ弔う集いが浅草あたりで持たれていたならば、あの年はとりわけ『たけくらべ』が偲ばれたものの界隈が騒々しかったなぁ。そんな感慨を、右の句は含むようです。

こんにちでは、さらに歴然だ。竜泉三丁目の台東区立一葉記念館が大いに賑わいます。ふだんはろくに人影もないくせに。まず入館料の三百円が、一葉忌の当日は無料となる。例年この日は勤労感謝の日の休日で、そこへ二の酉詣での大群衆のなかの物好きが、ついでになだれこんでくる。

だいぶ以前の昭和末ごろ、酉にあたったある年に私もなだれこんだおぼえがあります。和風な鉄筋二階建ての旧館のころ、ふだんは空っぽの一階での朗読会が満員で、二階の展示室も明るく賑わっていました。

今年は、一段と大賑わいでしょう。旧館は昭和三十六年に建てられ、女流作家の単独文学館として本邦初であったが。平成十八年（二〇〇六）十一月に三階建てへ改築した。この新館十周年を記念して、一葉祭りの二十日から二十三日まで、今年は四日間が無料ですぞ。講演や朗読などの催しもある様子。さぞやの大盛況をご見物の気ならお勧めですが。じっくり見学をお望みならば平日にかぎります。展示は『にごりえ』中心の特別展が今月一日から来年の一月まで。

二階三階の展示室は窓がなくて暗い。なにせ明治の貴重な文物をならべるのだから紫外線は目の敵、ちかごろミュージアムの流儀ですね。平常展示を観てゆくほどに味わい深く啓発されるものの、なにやら高貴な文豪さまのご足跡を拝見するような。

いっそ旧館の、開けっぴろげな明るさが懐かしい。ガラス越しに地味な着物や、ちびた文具や、一金拾円也の借用書などがならんでいました。老朽化とはいえ四十年ほどで、なんで建て替えを急いだか。

樋口一葉が五千円札の顔になったのが平成十六年十一月一日より。これを機に、丸二年後に新館落成。総格子張りの倉庫みたいな威容となりました。

日本銀行に取りこまれたのが、名誉なのか不運なのか。聖徳太子このかたの高貴の列に連なって、それほどに不世出の逸材ではあるにせよ、やっぱりお門違いなんだよなぁ。

悲運の短い生涯ながら、その貧窮の明け暮れに、絶世の名作も綴れば、気強い借用書も書いていた。巷に渦巻く喜怒哀楽にたちむかい、なまびらけの明治の世を、たたかいぬいた人ではありませんか。

たかだかとあはれは三の酉の月　万太郎

大晦日

日は雲の奥を落ちつつ大晦日　澄子

右は池田澄子句集『思ってます』（ふらんす堂、二〇一六年刊）より。

平成二十八年（二〇一六）が過ぎてゆく。いろいろなことがありましたなぁ。刮目の新事態が継起したような。だが天が下に先例のないことはないぞとも。相模原十九人殺しにも、戦中に津山三十人殺しがある。

八月八日の天皇陛下のビデオ放送は空前の思いで傾聴したが。これとて五年前の三月十六日に、東日本大震災へ寄せるおことばの放送があった。折々のご動静も拝見している。

この方が誕生のときをおぼえております。昭和八年（一九三三）十二月二十三日の朝、私は満六歳で、寝床でまだむずかっているときに、サイレンが鳴りだした。子供らを叩き起こす母の手が止まって。ア、男の子だ！

サイレンの鳴り方で、男の子か女の子かがわかる仕組みでした。おそらく断続して鳴ったのだな。皇室ではそれまで女の子ばかりで第五子にやっと皇太子が生まれた。サイレンや鐘の音に日本中でホッとしたのでしょう。

当時は毎日正午にサイレンが鳴った。さぁ昼飯だぞォ。学校も会社も、どの家々も、日々の暮らしのけじめでした。

そのサイレンが一転して、恐怖と悲惨の合図となるときがきた。空襲警報の、予防演習ではないホンモノが、日米開戦となるやほどなく鳴りだして、戦争末期には昼も夜も。おおかた焦土にしたあとの連日の偵察機にも警報は鳴るので、なかばは慣れてしまったが。

それがぱったり途絶えて、もう灯火管制も無用な空がもどったのが、昭和二十年八月十五日。昭和天皇の敗戦詔勅のラジオ放送が、まさに七十一年前の先例ですなぁ。

このとき皇太子は小学六年生の学童疎開組だった。やがて学習院高等科に進んだある日に、学友たちと計らいこっそり銀座散策を楽しんだ。たちまち見つかり友人はこっぴどく叱られたというが。この挿話には微笑める。

また、はるか後年の発表で知ったが、青年期に結核療養の四年間があった由。往時結核は猖獗《しょうけつ》をきわめた国民病でした。そうか、あの人も結核回復組か。この親近感は、結核に無縁の方にはお判りにくいかもしれないが。

この人が罹災地を見舞い、沖縄にサイパンに慰霊の旅をなさるのは、来し方と無縁ではないのだな。疎開児童、同窓生、同病者、つまり万民の身代わりのご行動ですよ。

八月八日の放送は、この大切な象徴天皇の役割を、しっかり次代へ渡して、そろそろ隠居したい。というおことばですなぁ。

よくお務めになられました。隠居なされたら、どうぞご夫婦お揃いで銀ブラを存分にお楽しみに。

そんな世の中こそすばらしい。

自民党の憲法改革案第一条は、天皇を日本国の「元首」とする、とある。民衆と膝を交えるなんて論外だぞ、おとなしく宮城に閉じこもり、民衆操作の道具になっていなさい、という心だな。なんと不忠な連中だろう。

憎らしき昭和懐かし蜜柑に種　澄子

贅々語々　二〇一七

初夢や

初夢や金も拾はず死にもせず　漱石

年の初めから、右は身も蓋もない口ぶりですが。けっこうこれは、めでたい句だ。宝クジに大当たりなどしたら災難だもの。

夏目漱石は、今年〔二〇一七年〕が生誕百五十年。往時は人生五十年ゆえ、四十九年の生涯はほぼ相場通りの、大文豪の逝去だったのか。雑司ヶ谷の墓所の壮大さからも、そううかがえます。

そしていまや岩波書店より『定本漱石全集』全二十八巻と別冊一巻の刊行がはじまった。新資料も網羅しての決定版らしく、これほどの業績がわずか四十九歳までにとは。じつにどうも、ただならぬお人でありますなぁ。

『坊っちゃん』『吾輩は猫である』『夢十夜』等々を少年時より手当たり次第に読みあさり、『それから』『門』あたりになると、さっぱりおもしろくない。それきり投げだして。

長じて所帯を持ったり崩したり。やがて下請け仕事で漱石の全小説にほぼ目を通す機会がきて、刮目、脱帽。かくも心血をそそいでこの国の近代文学は切り拓かれてきたのだな。

そして八十代へ老いぼれたこのごろ、折々にひらいてみると、少年時の愛読作から衝撃的だ。ずけずけおもうがままに、畳みかけて綴ってゆく凄み。しかも自尊の品位がある。

この率直が、難解文字などを踏み超えて年少者たちにも共鳴するのか。漱石の作品のいくつかは、そこで少年読物に耐えるのでしょう。

文体のこの凄みは、素材もテーマも変遷しつつ貫かれているのだな。近代化の人の世の始末のわるさに、ひたひた迫っていけばいくほどに、胃袋に穴ぐらいは空くだろう。

容赦のない、品位はあるこんな文体に、ちかごろとんとお目にかからない気がするぞ。規制だらけのご時世におもわずしらず雁字搦めのわれらではあるまいか。いったい誰が比肩できよう。

思い浮かんだのが、やはり今年が生誕百五十年の人、宮武外骨でした。

明治二十二年（一八八九）「大日本帝国憲法」が発布されるや、すぐにパロディ「頓智研法」を発表して逮捕され、禁固三年罰金百円の刑をくらった。ときに数えの二十三歳。

たかが冗談で不敬罪。三年間の獄中でこの人は、生涯かけて反権力の決意を固めた。以来「滑稽新聞」をはじめ表現の場を経営しつつ論陣を張り通した。その文体は辛辣で爽快で、大いに人気を博しながらも、入獄四回、罰金・発禁二十九回。筆致は、やはり相応の災難は呼ぶのですな。とりわけ戦中の言論封殺時代に出る幕はなく、いったん忘れられた人でした。

漱石と外骨と。先駆的近代人の双璧ではあるまいか。前者が近代化日本の内実をえぐって、胃が爛《ただ》れるほどに苦悩したならば。後者は権力や金力層のエセ近代を叩きまくり暴きまくって、気分はおおかた爽快だったのか、八十九歳の長命を保った。染井墓地の一隅に小粋な墓があります。

人に死し鶴に生まれて冴え返る　漱石

春の町

春の町帯のごとくに坂を垂れ　風生

老来、坂道が苦手になってきた。あいにく居住の谷中は坂だらけで、出かけるたびに下りはともあれ、帰りの登り坂がにわかにのろのろ。連れ合いが背を押してくれます。

右の句に出会って、目をみはった。坂の上からの眺めだな。ここらならば車の往来絶えぬ三崎坂《さんさき》や言問通りではなくて、がらんと広いあかじ坂か。細みの富士見坂か。または谷中銀座を、明け方の夕焼けだんだんからみおろしても、こんな気配があるだろう。

なぜか呉服屋の畳の店先が浮かぶ。デパートでも呉服部は畳が敷いてあった。番頭さんの出張販売もあって、荷からとりだす反物をサーッとわが家の畳にころがす。忽然と鮮やかな一本道が現れる。二本目も。母の傍でそれを眺めた幼少期がなつかしい。番頭さんはくるくる巻きもどすや、また別の反物の道がサーッ。手練の技でありました。

あの状景が、坂道に重なる。どんな坂も古来の人々が営々と造ったものだろう。峠の道も、切通しも。それはそうだが、真一文字に気前よくひらけた坂などは、あるとき土地の氏神が手練の技で垂らしたかのような。やがてそこらに華やかな町並みが生まれて。その春景色を、のろのろ登るのもわるくないぞ。

作者の富安風生《ふうせい》の句に、最初に出会ったのは、三好達治『諷詠十二月』（新潮社、一九四二年刊）においてでした。著者は、当時、つまり昭和十年代の俳壇の傾向を、かなり辛辣に批判していて、あっさり要約すれば、こうなります。

詩歌の味わいは「人生と相互る分量の多寡に」かかり「その品質の上下に」もかかる。しかるに正岡子規の写生主義を平俗萎縮に受けとめ滔々たるマンネリズムはなにごとか。

そして平俗の見本の一つに挙げているのが「退屈なガソリンガール柳の芽　風生」。

三好達治説に私はほぼ賛成です。そのくせ本書を読了このかた忘れもしないのが、石田波郷《はきょう》の「初蝶やわが三十の袖袂」と、このガソリンガールの二句でした。

まだ中学生の身で、人生と相互る分量はごく少なかったが、街中に育ったわが家の四軒隣がガソリンスタンドでした。看板ガールはいなかったがいる店の噂は耳にしていて、これぞ昭和モダニズムの一景ですよ。おもえば満州事変からしばしの軍需景気の華やかさで、じきに戦時下の窮乏の世へ。右の句は、しょせんつかの間の退屈なのでした。人生はともあれ社会と相互る分量は、かならずしも寡《すくな》くはない句でありましょう。

富安風生という方は、東大をでて逓信省に勤め、次官にまでなったのだから官僚の出世頭でしょう。退官後はいよいよ俳句三昧で、晩年には芸術院会員にもなられた。このての経歴もマンネリズムの一種かもしれないが。生来の虚弱体質でいながら、どうやら淡々と九十四歳の長寿を保たれた。それこそユニークと申すべきでは。

一生の楽しきころのソーダ水　風生

上野の鐘の

鬚剃るや上野の鐘の霞む日に　子規

正岡子規寓居の子規庵は、上野の山の北の麓にあり、鐘楼は不忍池をみおろす南の高台にある。両者ともぶじに現存します。

右の句は明治三十五年（一九〇二）最晩年の作です。そのころ鐘の音は、上野の杜を一跨ぎに根岸の里へとどいたのだね。時は春、おだやかな陽気に音色も霞む気配でしょう。

現在の地図ならば、精養軒の脇から、動物園入口、都美術館、国際子ども図書館、芸大音楽学部、寛永寺本堂、そして鶯谷駅の先の輻輳する線路をはるばる越えてきた。なんとまぁ閑静なことよ、百年余り前の東京は。

そもそも徳川幕府菩提寺の寛永寺境内は、明治維新このかた開発の餌食になりかけた。軍用地にするぞ。大学病院をつくろう。建築材木用に樹林は伐採しろ。ようやく明治六年に公園化が決まる。都市には公園というものが必要で、緑ゆたかな当地こそふさわしい。というオランダ軍医ボードワンの献策によるとかで、胸像が現に園内にあります。

江戸から東京へ、近代化の一つの見本だ。以来この公園は、博覧会場になり、博物館や美術館が建ち、不忍池のまわりは競馬場にもなる。どのみち開発はされてきたのだが、さすがに緑の杜にはちがいなかった。その証拠の右の句です。

しかし、さきの敗戦直後には、不忍池がひところ田圃になった。食糧難の時期がすぎると、埋め立てて野球場を造る案が浮上した。バブル景気の折には、池の下を大駐車場にする案が現れた。反対運動が巻きおこり、おかげで現に池が池でいるのはご同慶ながら。

いままた園内の諸処が工事中で、ひとつの危機かもしれません。上野駅公園口を少し北へ移動させ、動物園の入口までストレートな広場として、ヘリポートをも兼ねる。そのため邪魔な建物も大樹も取り払う。すでにこども遊園も小さな茶店も消えた。有名チェーンの大喫茶店はできた。なんで？　オリンピックのオモテナシのために！

オリンピックはどのみち数週間ですよ。そのため樹齢百数十年の大樹をも根こそぎにしようとは。いったいそれが市民の公園かと、反対の声が挙がっています。オリンピックとは強引な工事をやりまくるお祭りなのか。

じつは近年の上野公園は、すでにかなり樹木を間引いた。ホームレス諸君を追い払うためか、やたら見通しよくなっています。そして鐘楼では、いまも正午と午後六時に古式ゆかしく打ち鳴らしているのだが、たまたまそこらに居合わせれば聴こえる程度です。鐘も小声になっているのだな。なににつけ天下騒然の二十一世紀でありますので。

二十世紀初頭のころは、界隈の町々へ広く時刻を告げ、その鐘代を貰い集めてもいたらしい。根岸の里へまで、杜の梢を震わせつつとどいて、病牀《びょうしょう》六尺の子規の耳を、日に夜に慰めていました。秋にはこんな具合に。

鐘の音の輪をなして来る夜長哉　子規

メーデー来る

ガスタンクが夜の目標メーデー来る　兜太

右は金子兜太《とうた》第一句集『少年』(風発行所)所載。刊行の昭和三十年(一九五五)の作でしょう。当時、作者は日本銀行神戸支店勤務でした。そのころ神戸では、日が暮れてもデモ行進の列が続いていたのだな。あるいは諸処の都市でも。メーデーが元気一杯の時期でしたもの。

そもそも日本のメーデーは、大正九年(一九二〇)五月に上野公園へ一万人が集合し「八時間労働制の実施」を要求したのが起こりとか。

これを第一回に、以後例年催してはいたらしいが、昭和十一年二・二六事件後の戒厳令このかた中絶。おかげでメーデーを知らずにいた、昭和一桁生まれの私らは。

昭和二十年八月敗戦の、翌年五月にさっそく復活。皇居前広場に五十万人が大集合して「働けるだけ食わせろ」のスローガンで気勢を挙げた。十一年ぶりのメーデーでした。

当時の皇居前は、焼跡だらけの都心に、それこそ広大な憩いの緑地だ。昼に夜に仲良しアベックも群れた。まさに人民広場でした。

デモ会場としてはほどなく使用禁止となる。その翌年の昭和二十七年五月一日、日比谷公園で解散したデモ隊の一部が、人民広場の奪回をめざして警官隊と衝突。負傷者続出の、血のメーデー事件となってしまった。

その翌年から更にメーデーは、全国的に盛りあがったのでありましょう。この年から私も参加しました。明治神宮外苑広場に大集合し、数方面へ分れて行進する。沿道のおばさんや子供たちも手を振って歓迎してくれる。神戸などでは日暮れまでつづく勢いだった。

デモ行進は、見物よりも参加したほうが、よほど気楽で楽しいですね。都大路の日頃は歩けぬ車道を賑やかに散歩できる。ベトナムに平和を市民連合のデモも、六〇年安保闘争デモも楽しかった。七〇年安保闘争の時は催涙弾も飛んでやや物騒でした。

八〇年代には、国鉄、郵政、電信電話などの民営化このかた全国規模の労働組合が次々に衰退、メーデーもどんどん影が薄くなる。昭和六十四年以降、全国統一メーデーは遂にナシになりました。

その後は分裂集会が、例年五月にどこかで気勢をあげてはいるらしい。首相がご臨席の集会もあるとやら。そして、過労死のニュースがつづくなか、残業はせいぜい月に百時間程度に、というご時勢になってしまった。

そもそも八時間労働が、メーデーのスローガンではないですか。人間らしく生きようぜ。以来ざっと百年を経てこのざまとは。世の中の進歩とか豊かさとかは、寝言のたぐいか。

平成生まれの若者諸君は、おおかたメーデー行進をご存じないのではなかろうか。戦時下育ちの私らが知らなかったのと同様に。

左の句は、金子氏の代表作の一つで、火事は冬の季語ですが。よろしいでしょう、いまなお延焼中にちがいないのだ。

暗黒や関東平野に火事一つ　兜太

衣替えて

衣替《きぬかえ》て居《すわっ》て見てもひとりかな　一茶

歳時記によれば、更衣《ころもがえ》といえば陰暦四月一日で綿入れをぬいで袷《あわせ》になった。袷から綿入れにもどる陰暦十月一日は後の更衣という。

これは、着物が普段着の往昔のことだな。私の少年期つまり昭和の戦前は、六月一日でした。冬服から霜降りの軽い夏服へ。

世間の大人たちと女の子たちは、さまざまに夏着になるにせよ、男子の小・中学生たちはおおかたいっせいに霜降り模様になった。さぁ、夏休みがどんどん近づくぞ。

黒服のお巡りさんたちも、いっせいに白ズボンに替わる。上着まで白服になるのは七月一日からだったかな。当時はサーベルさげて呼び名の通りまめに巡回もしていたし、四辻には交通巡査が白手袋の腕を振っている。季節の変わり目を告げる景色の一つでした。

ところで冒頭の句は、文政二年(一八一九)の作で、まさしく陰暦四月一日だ。小林一茶『八番日記』所載。この句のじき後に四月八日灌仏会の句があります。

ときに五十七歳。多年の江戸暮らしから、これがまぁついの栖《すみか》の郷里柏原へもどったのが五十歳の冬で。それからざっと七年目だ。

この間にも再々江戸へ行ったりもどったり、誹諧師ともなれば席が温まる間もないのか。鉄道もない時代に、むかしの人はおそるべき健脚ですなぁ。しかも若い嫁さんをもらって、男の子が産まれ、その子はじきに亡くなるが、ほどなく女の子が授かる。マメなものです。

そうして、きりりと袷に着替えた。正座してあたりを見回してみたが、ぽかんと手持ち無沙汰な按配でもある。いや、この「ひとりかな」は、もっと複雑な感懐でしょうか。

この人の晩年は、一見惨憺といおうか。幼女もやがて疱瘡で亡くす。また男の子を授かるが、その子もじきに死なしてしまう。さらには妻とも死に別れる。再婚するが、すぐ離別。懲りずに三度目の嫁をもらった翌年の、文政十年冬に歿。享年六十五。

往時は幼児の死亡率が高く、人生も五十年が相場だ。ことさらに不運ともかぎるまい。むしろこの人は、幼時に実母と死別してよりの逆境を、果敢に生きぬいた。

人生は、かずかずの難題や痛苦の生起するでこぼこ道かもしれず。そこをいっそ無手勝流に突貫してゆく、ひとりかな。

がらりとお話変わって二十一世紀の昨今、この国の二十代三十代の男女とも、ざっと五割前後が独身だそうですなァ。理由の第一はひとり暮らしがいっそ気楽。第二が、一家を築くほどのカネも余裕もない。なるほど。

いまやなにごとも便利重宝、スマホ片手にすいすい暮らせましょう。と共に、残業また残業の低賃金で異性と仲良くするヒマなどあろうか。快適生活なるものがなにを隠そう前門の虎で、過労死寸前の後門の狼に挟まれて、われらはとりあえずただいまをすいすいとくたびれながら……ひとりかな?

涼風《すずかぜ》の曲がりくねつて来たりけり　一茶

炎天や

炎天や「うごけば、寒い」吾が墓石　夢道

俳句は、ときに私小説的で、作者の履歴を多少なり心得てようやく味わえる。右がまさにそのたぐいです。そもそも七月の炎天下に「うごけば寒い」とはなにごとぞ。

右は、橋本夢道《むどう》が最晩年の作で、この句から三ヵ月後に食道癌で歿する。享年七十一。死期を察して生前に墓を設けた。市川市総武霊園に、やや矩形の石を据え「うごけ／ば／寒い」と三行に大書した筆跡を刻んだ。これが生涯の代表作ゆえ。句碑すなわち墓碑の開眼供養が昭和四十九年（一九七四）七月十四日快晴。その日の事態そのままの句でした。

しかし、わずか七文字。それでも俳句か？　しかも代表作とは！　やはり作者の履歴を、簡略にでもたどらねばなりますまい。

本名で橋本淳一は、徳島の小作農の三男に生まれ、十五歳で上京、深川の肥料問屋に住込みの小僧となる。二十歳で若衆に昇格、羽織を着るのを許される。そのころすでに荻原井泉水の句に感銘し、俳誌「層雲」に入門。以来自由律俳句まっしぐらの生涯でした。

「雲のはやさ云う女と月を見ている」この恋人とこっそり結婚、子供もできたが。恋はご法度の店規を乱したかどによりクビになる。

ときに昭和六年。夢道は「層雲」を抜けて同志と「プロレタリア俳句」を創刊した。察するに店規は口実で、この言動がおそらく主因でしょう。銀座の輸入雑貨商へ転職。やがてこの店が甘味パーラー「月ヶ瀬」を開店するや、番頭としてみるみる名店に仕立てた。

その間も自由律俳句の活動はつづく。日々の感懐を直截に散文の切れっ端のごとくに綴って、三十一文字さえ越えるのや、十字に満たぬのや、奔放自在でした。

ほどなく災難がくる。昭和十五年二月より「京大俳句」事件が突発、新興俳句運動の主要メンバーが平畑静塔はじめ十五名つぎつぎに検挙され、雑誌は廃刊。翌年には東京三《ひがし》（秋元不死男）、嶋田青峰らにつづき夢道も捕まる。以後保釈までの丸二年間、拘置所の独房に呻吟した。

容疑は治安維持法違反。国家転覆をはかる者どもを処罰するべく、官憲は着々と実績にはげみ、新興俳句も自由律も秩序を乱す危険思想だぞと、精神医や保険会社員や教師や、甘味店の番頭の一般人を牢屋へ叩き込んだ。これが共謀罪いや治安維持法の正体でした。

東京拘置所の北向きの独房は地獄の寒さで、夢道は二冬体験した。わずかに許された紙石版に石筆でびっしりと約二百句を書き留めた。そのなかに「うごけば寒い」の七文字がある。『橋本夢道全句集』（未來社、一九七七年刊）五千五百余句のうち最短の、いわば自由律の精髄なのでした。

戦後はいよいよ斯界の先達として活躍を続けた。折々は定型の句もこだわらずにつくった。この人はあん蜜の創案者の由で、左の二句で「月ヶ瀬」の評判をさらに高めた。コピーライターの卓抜な先達でもありました。

蜜豆をギリシャの神は知らざりき　夢道

人間やイヴは林檎を二つ食べ　〃

手のない父

三年振手《みとせぶり》のない父に抱かれて寝《ね》　夢二

八月十五日は敗戦記念日。七十二年経とうが、忘れようもないですなぁ。

徹底抗戦。神州不滅。一億玉砕。等々の皆殺し的スローガンが吹っ飛んで、おたがいに命拾いしためでたい日ですが。すぐにそうとはよろこべなかった。

その晩からは遮蔽無用の明るい夜が蘇ったのに、防空演習このかたほぼ十年越しの灯火管制でしたからね。なにかと面食らう日々のゆくてに、やがてあの、空腹と希望をこきまぜた焼跡闇市時代がやってきた。

上野地下道あたりを根城の、戦災孤児の浮浪児たちと。諸処の闇市を仕切る復員兵と引揚者の大群と。街角に佇むパンパン諸姉と、義手義足を並べて居座る白衣軍帽の諸兄と。みなさんそれぞれに逞しく、なにくそという気風の時節のようでした。

そこで冒頭の句です。三年ぶりに復員した父にさぞや童児らが抱きついて、さて腕のない傷痍の身がどう抱きしめたものか。そんな事態が当時、全国的に生じたことでしょう。

しかし。右の句はじつは、当時よりさらに四十年も遡った頃の作品です。「平民新聞」明治四十年（一九〇七）二月二日号に掲載された。つまり日露戦争が主題なのだ。

この戦役による戦死病死十二万人弱、戦傷者十五万人強。ロシア側より大きい痛手で、まるで敗けたみたいな辛勝だった。と、当時の人々も実感では心得ていたのではないか。

ところが趨勢は大勝利。以来、世界の五大国に列したと、昭和の軍国少年のわれらは教えこまれて育ちました。奉天占領の三月十日が陸軍記念日、バルチック艦隊撃破の五月二十七日が海軍記念日。そして大東亜共栄圏。八紘一宇。世界の王者へと呼号した。

挙句の決算が七十二年前なので。その三月十日の東京大空襲は一夜に死者九万、罹災者百万。広島。長崎。ようやく八月十五日。

いつの世も、国家権力の呼号は、実態から眼をそらした嘘臭い。その声が威丈高にデカいほど大嘘なんでしょうなぁ。

冒頭の句は、世相の実態へ哀切の眼を注ぎつつ、一脈の皮肉を含む。作者は竹久夢二。二十二歳の若者で、このての川柳をせっせと投句していた。のちに一世風靡の抒情画家となるが、そのなよなよした画面にも、弱年よりの気概は貫かれていたと存じます。

さて。そうして三十年が過ぎて。昭和十二年（一九三七）七月にシナ事変（日中戦争）勃発。大陸侵略の泥沼へ、いさましく突進する。

その折も折、雑誌「川柳人」十一月号に、左の句をはじめ実態凝視の句々を発表した若者がいた。そして二週間後には特高警察に逮捕される。反戦思想すなわち治安維持法違反の容疑で。地味な小雑誌のほんの数行を、忠義面で密告した奴がいたのだな。留置場にぶちこまれ、赤痢にかかって歿。享年二十九。鶴彬《つるあきら》の果敢な短い生涯でした。

手と足をもいだ丸太にしてかへし　彬

筑紫路は

筑紫路はあれちのぎくに野分かな　石鼎

野分は秋の季語。だが普段にはもう使われぬ言葉でしょうか。「颱風の古称」とズバリの辞書があり、その辞書自体もやや古い証拠に、いまは台風が天下御免の正字ですなぁ。

しかし野分は、台風そのものより、吹きまくられた跡の風情も含む言葉ではないのか。

台風はむしろ、二百十日か二百二十日だ。立春から数えて二百十日目の、九月一日あたり。おおかたその前後に来たものですよ、むかしの台風は。戦前の室戸台風は九月二十一日、戦後のキティ台風は八月三十一日だった。

近年は、南方洋上に発生時から番号ふって刻々に動静を伝えてくださる。くねくね迷走して暴れ放題みたいな奴もいて、これは観測技術の発達と異常気象の相乗でしょうか。

ところで、荒地野菊も秋の季語です。さては右の句はまぬけな季重なりか。とは即断できない。この植物は南米から明治中期に渡来し、路傍の隙間にも芽吹いて全国へひろがったが、ちかごろは落ち目の由。戦後に渡来の背高泡立草ほどには目立たぬが先輩格だ。

右の句は、大正二年（一九一三）、原石鼎《せきてい》が二十八歳の折の旅中寓作です。たぶん当時の歳時記には未収録の雑草を詠いあげた、むしろ先駆的な句ではあるまいか。

筑紫路は、北九州一帯は、その年、台風に襲われた。森羅万象が吹きまくられた道端に野菊の緑がけなげなことよ。災害にもめげずに立ち直るであろう人々への親愛、鼓舞のこころでしょうか。そこでいきなりこんにちへも、この句は呼応します。昨年四月の熊本大分地震に次いでさきごろの九州北部豪雨と、たてつづけの天変地異に襲われている。

その映像に固唾を呑む。山肌は一気に崩れて、膨大な流木が山裾の集落を押し潰した。六年前の三月十一日、東日本大震災の折にも、根こそぎ集落が押し流され、ビルの窓に舟が突き刺さり、衝撃の映像の数々でした。つくづくこういう風土なんだな、この国は。

筑紫路のこのような災害を、山津波といったものだが。ちかごろは土石流という由。なるほど山々の土砂や岩石が流出するにはちがいないが、樹林や集落さえも押し流してしまう。その現象の、やや不十分な表現ですね、土石流とは。

津波は海から襲うものだ。その惨状が、さながらに山から襲ってきた。という人々の驚愕をも含む状況を、山津波と、一語で言いあらわしてきたのではないか。

むかしから伝来の言葉には、歴代のひとびとの嘆きも、知恵も、含まれているのでありましょう。むやみに邪険にするのは、いかがなものか。

左の句は、大正一—二年頃、奈良深吉野《みよしの》に居住していた原石鼎の、連作百四十二句のうちの一句です。当時もこの地に、台風による土石流があったとみえます。

山川に高浪も見し野分かな　石鼎

菊人形

菊人形生れて菊師と見つめ合ふ　章

大串章句集『大地』（角川書店、二〇〇五年刊）より。菊の華をまとう等身大の人物を創りだす入神の技、その仕上げの一瞬に立ち会うようです。

この季節、東京でも湯島天神や、谷中大円寺などで出会えるが。二、三体、または小作りな一体か、わりとささやかなものだ。

昭和の戦前、両国国技館の菊人形展へ、父に連れられ家族ぐるみで出かけました。大相撲は当時、一月と五月の二場所きりだから、あの鉄傘下でボクシング競技などもあった。そして秋は菊人形だ。菊人形たちの、さまざまな舞台がならぶ。大掛かりな華やかさに度肝を抜かれた、そんな記憶がおぼろにあるのみですが。小学生にもわかる場面もあったのだろう。爆弾三勇士の菊人形の類も、時節柄いたかもしれない。

そもそも菊人形の出現は江戸末期。興行化されたのは、明治九年（一八七六）の団子坂からで、評判の名所となる。夏目漱石の『三四郎』にその盛況が描かれていて、刀の切っ先のように曲がった坂の両側に葭簀《よしず》掛けの小屋が連なり、幟《のぼり》を立て、混み合い、呼びこみの木戸番の大声が遠くにまで聞こえた。三四郎たちが入った小屋は、曾我の討ち入りの場面だった。

ところが、この繁盛が、明治四十四年限りでパタリと消える。軒並みすべて廃業した。二年前の明治四十二年に両国国技館が落成し、秋に菊人形展が始まるや、菊師たちがそちらへ呼ばれ、客足も、どっと靡《なび》いたのでした。

それはそうだ。団子坂では一軒ごとに一舞台だが、両国は入場料十銭が倍になろうと、いくつもの舞台がまとめて観られるもの。

『三四郎』は明治四十一年九月から朝日新聞に連載された。団子坂の三十余年の賑わいの、いわばフィナーレの記録でした。

国技館は、戦争末期には風船爆弾の製造所になり、空襲にやられ、敗戦後は米軍に接収されてメモリアルホールとなる。菊人形どころでない。もはや東京は落ち目です。

関西方面が、なお健在らしい。私鉄沿線の客寄せに大正年間より、ひらかたパークなど諸処に展開して、こんにちに至る様子です。

以上は、おおむね受売りでして、川井ゆう『わたしは菊人形バンザイ研究者』（新宿書房、二〇一二年刊）なる奇書が、情報満載の楽しい読物なのですよ。本書で知った肝要なことは、菊人形展は期間中に再三足を運ぶべきなのだな。数日すると花色葉色の容姿の変化が楽しめる。さらに日数が過ぎれば、がらりと着替える。その菊師の技も運がよければ拝見できる。

そうか。そうだったのだ。菊人形は生きている。一度きりの出会いよりも、裏を返して付き合ってこその味わいではないか。人形と人間と、多年の伝承の文化ですなぁ。

さて、しかし。現今のこの東京を見渡すならば。せっかくの人間どもが、でくのぼうという人形に化けて並んでいる雛段が、永田町のあたりにあるそうな。

ピノキオを思ふ案山子《かかし》の横に座し　章

匙なめる癖

匙なめる癖の生涯ふゆいちご　哲男

歳時記によれば冬苺は、バラ科の常緑低木で山野に自生し、冬に丸い赤い実をつける。食えるらしいが、私は出会ったこともなし。右の苺は、たぶん温室栽培ものでしょう。

なぜなら往時は、赤い苺を匙の背でいちいち潰した。その手間がたのしみで、白い牛乳をかければ、心おどるご馳走でした。

清水哲男句集『打つや太鼓』（書肆山田、二〇〇三年刊）に、右の句をみつけて、いきなり共感の苦笑が湧いた。さてはと作者の生年を確かめると一九三八年（昭和十三）で、敗戦時に国民学校一年生だ。私は中学四年生でしたが、敗戦前後の食糧難体験は、ご同様だ。まれにご馳走にありついたら、一粒残さず匙までなめきる。育ち盛りのそんな日々が、身にしみる癖になった。

ただしわれらはひとまず戦前のチョコレート、ショートケーキの類も承知してはいた。あわれ敗戦時の小学一年生ごときは夢にも知るまい。純粋飢餓世代の彼らです。

食糧事情の好転は、一九五〇年以降の朝鮮戦争の特需景気にもよろうか。喫茶店の甘味料が、サッカリンから角砂糖へ、砂糖壺へと進化してきた。その壺から小匙で何杯もコーヒーカップへ入れて、かきまわさずに飲むのが通なのだ。というのでそうしてみたが。底に溜まった砂糖が惜しく、匙でしゃくってなめたのでした。

戦争は、よそでやっているかぎりは儲かりもする。朝鮮戦争の三年間、アメリカ空軍の焦土作戦による北朝鮮への爆撃は、太平洋戦争でばらまいた爆弾よりも多量だったとか。この戦は北が始めたので自業自得的にせよ。

東京大空襲は、地獄だった。敗戦で命拾いしたわれらですが。あのころ北朝鮮の諸処を地獄にしながら、おかげで喫茶店の砂糖がたっぷりなめていられたのだな。

二十一世紀の只今も、戦争は儲かる気分が、あるところにはあるのでは。武器弾薬を莫大に消費するので生産へまっしぐらの好景気。いや、過剰に生産しては消費しまくるのか。

朝鮮戦争からベトナム戦争へ。バルカン半島。新興アフリカ諸国の内戦。中近東。硝煙弾雨が地球上から絶えたことがないような。ちかごろ極東方面は火の気が乏しいぞと、原爆水爆を山ほどかかえた大国が、髀肉《ひにく》の嘆など漏らされては鳥肌が立つ。とばっちりのわれらのみか、人類の末路さえちらちらして。

生産と消費の循環が、潤滑に、盛大なほど豊かだ。というわれらの認識が、どうやらきな臭いぞ。

とはいえいまさらどうなるやら。

余剰食品の廃棄量が、日本全国で年間六三〇万トンとか。潤沢のおかげの日々はお互いさまながら、これが豊かさ？　まさか！

私の本日のランチはカレーライスで、すっかりたいらげ、スプーンもなめてきました。七十年もむかしの飢餓体験への義理立て。いやなに生涯の癖になってるまでの世代も、もはや絶滅危惧種ではありますなぁ。

傍線の増えし名簿や雁渡る　哲男

年の暮

年の暮《くれ》眼鏡はどこだ返事しろ　勇

これは老眼鏡だな。近眼鏡ならば、私は小学六年生から掛けていますが、在宅の普段は不要で、こんな事態にはまずならない。

その点、健常な眼の人はきのどくにも、ある年頃から手近な小文字が読みづらくなるらしい。日々の新聞さえも。慣れぬ眼鏡がいまいましいのか、まま行方不明に。

まして繁忙のこの年の瀬に、どこへ消えやがったんだ老眼鏡め。右の句は、滑稽ながらも裂帛《れっぱく》の吐露。妙句と存じます。

作者の小寺《こでら》勇は、大正四年（一九一五）生まれ、兵庫県尼崎市にお住まいだった。生前、二、三度文通したのみの浅いご縁でした。

若くして日野草城《そうじょう》主宰の「旗艦」に加わり、生涯の師と仰ぐ。やがて兵役に服し。戦後の生活戦線をくぐりぬけたいつからか、ときに大阪弁まるだしの、気随気儘な句づくりに一筋のお方でした。たとえば

悪いこと言わへん風邪なら寝るこっちゃ

季語もあり、ほぼ五七五ながら、いわゆる俳句らしくはない。大阪気質そのものに、いきなり語りかけられるような。

心斎橋はまだある陸橋に落ちぶれたが

ご同様な橋が東京にも、諸処にありますなぁ。オリンピックを迎え再開発と美称して、じつは落ちぶれちゃったんだ。さらには、数寄屋橋はもうない高速の下敷きに。

一茶忌や俺の真似した句が一茶に

なるほど。わが身の日々、すなわち天下万民の苦楽を、俗語を駆使して句にするさまは似寄っている。凡句にもさほどこだわらず量産したらしいのも。かくも小林一茶を先達として敬重の心を、右は逆説的にまっすぐ表現しております。一茶忌は十一月十九日。

それにしても。「旗艦」時代には正統的な句を作っていた人が、どうしてこうも体裁かなぐり捨てたものか。資質、閲歴、さまざまに偲ばれようが。

沖縄での死にぞこないめが敗戦忌

晩年の句集『随八百』（文童社、一九八四年刊）のなかに、ぽつんとこの句がある。さきの戦争末期に、この人は妻子ある身を召集され、沖縄本島防衛の一員となる。たちまちアメリカ軍の総攻撃をくらい、小隊全滅。退却。死出の斬込み。そして捕虜。さんざんなめをくぐった生き残り、らしいのですね。

あの摩文仁《まぶに》の丘の、戦没者二十五万余人の名を刻んだ慰霊碑から、はからずもこぼれでた者の負い目。なにもかもかなぐり捨てた生地《きじ》でしか立つ瀬がない、のでもあろうか。

生きるとは食べることにて秋高し

『随八百』冒頭の、代表作ともみられるこの句も、敗残の摩文仁の陣で芋の葉や茎かじって生きのびた体験に根ざすらしいのでした。

その沖縄を、いまなおアメリカ軍の基地だらけにして、人々の苦渋にもほぼ無関心のわれらではないか。どこが美しい日本のモリカケやら、嘘八百がすまし顔の世でしょうか。

本読むなど勿体ないよな冬日和　勇

贅々語々　二〇一八

初湯殿

初湯殿卒寿のふぐり伸ばしけり　青畝

歳時記の新年の項には「初」や「始」のつく季語がずらずら並ぶ。初日《はつひ》。初荷。初夢。初鴉。初昔は去年のこと。書初め。出初め。鍬始め。歌会始め。姫始め。なにごともここより始まる勢いです。

そもそもこの国では正月元日に、老いも若きもいっせいに一つ歳をとった。その数え年が国中の習いだから、屠蘇《とそ》も雑煮《ぞうに》も初詣も、ぶじの生長ないし老熟への、褒美と感謝だったのだな。こうして気をそろえた来し方の、歳時記は総集編でもありましょうか。

満年齢に切り替わったのは、昭和二十五年（一九五〇）一月一日から。いきなり一、二歳は若返るから、だれしも歓迎した。以来われらは誕生日に銘々勝手に歳をとることになり、正月がどんとつまらなくなりました。カレンダーと手帳が替わるぐらいのことだもの。初詣はいまも賑わい、七福神巡りなどはむしろちかごろの流行ではありますけれど。

数え年は、やや奇妙ではあった。生まれるや一歳だから、歳末に誕生の子はいきなり二歳になる。学齢は満六歳の定めながら、数えでは八歳と七歳で、一月から三月に生まれた七歳組を早生まれと呼んだ。それだけ未熟なはずなのに、かえって早生まれ組にませた子や秀才たちがいたのは、なぜだろう。

七五三も、いまは満年齢か。女の三十三、男の四十二の厄年だけは、数え年でさっさと厄払いする由ながら。喜寿、米寿、卒寿、白寿なども、おおかた満年齢の祝いでしょう。

冒頭の句にもどります。阿波野青畝《せいほ》の句集『西湖』（青畝句集刊行会、一九九一年刊）より。この方は明治三十二年（一八九九）二月に生まれ、高浜虚子に多年師事し、老いてますます自在の境へ。享年九十三。

初湯殿に重点をおけば、この卒寿は数え年でしょう。いよいよ九十の大台へ入ったぞ。しかし、ふぐりに注目すれば、満年齢だな。たっぷり卒寿に浸かっているもの。じつは筆者の私が目下この歳でして、右の句にぐいと引き寄せられた。生来の虚弱児が結核を再三病みながら、なお生きのびております。青畝氏は少年時に耳を病み、難聴の生涯であられた由。いわゆる一病息災か、よしみをおぼえます。こんな句もつくっておられる。「ひとの陰玉《ほと》とぞしづむ初湯かな」

「九十歳。なにがめでたい」それはその通りですよ。水洟は垂れるわ、物忘れが募るわ。せめてふぐりを伸ばしてみたところで、すぐ側に伸びるのをとんと忘れ果てた奴がいる。

こいつの来し方なども、思い返せば微苦笑です。ささやかに不器用に、空振りも重ねつつ、その折々は夢中だったよなぁ。それやこれやに、もはや寛容になっていいのだな。

ほどなく死ぬのさえ、まんざらでないかもしれません。お先に逝ったあの人この人と、ばったり出逢うたのしみが、まったくないとはかぎらないぞ。

左は、大野朱香《しゅか》の句集『一雫《ひとしずく》』（ふらんす堂、二〇〇七年刊）より。

みどり児の湯浴みさなかの初笑《わらい》　朱香

春の雪

地下鉄を出れば銀座の春の雪　信子

銀座八丁を通る地下鉄は五本あるが、この句はもちろん銀座線です。

そもそも東京の地下鉄は、昭和二年（一九二七）の暮れに浅草から上野へ通じ、以後順延して新橋へ届いたのが昭和九年。この路線は、浅草の松屋、御徒町《おかちまち》の松坂屋、三越前の三越本店、日本橋の白木屋、高島屋、そして銀座の松屋、三越、松坂屋と、ほぼ東京中のデパートを数珠《じゅず》繋ぎにした。

しかも「夏は涼しく、冬暖かい」のが謳い文句でした。エアコンなんかの効能でないよ。当時、四通八達だった市電の停留所も、省線電車（いまJR）のプラットホームも、夏はぎらぎらの炎熱、冬は身を切る風雪の吹きっ曝しだもの。それらをいっさい免れながら、消費の殿堂を気ままにめぐれる。地下道に売店も並んで、いかにも楽しい乗物でした。

渋谷―新橋間が開通して、在来線とつながったのが昭和十四年。渋谷では、地下鉄がいきなり天空へ駆けあがり、高架線となる意外さも楽しかった。

やがて戦争。空襲。焦土。敗戦。復興へ。焼跡闇市の街々を、都電、国電、そして一本の地下鉄が、けなげに繋いでいたのでした。

冒頭の句へもどります。『吉屋信子句集』（東京美術、一九七四年刊）によれば、これは昭和二十八年春の作です。この年は、三年越しの朝鮮戦争がやっと休戦協定調印となり、この間の特需景気で日本経済は息を吹きかえした。地下鉄もようやく二本目の丸ノ内線を、池袋から御茶ノ水へ通した。さらに西銀座を経て霞ヶ関へ届いたのが同二十八年の秋。つまり銀座を走る地下鉄が、ただ一本だった最後の春でした。

銀座八丁は、さすがに復興が早かった。バラックなりに華やかな表通りの、まんなかの四丁目へ出てみれば、春の雪。おもいがけぬ仕掛け舞台へ登場の気分でしょうか。

さて。そうして幾星霜。こんにちの大東京は、東京メトロが九本、都営地下鉄が四本。計十三本が四通八達。至れり尽くせり、というよりも場所によっては複雑怪奇。新宿も、渋谷も、老いの身にはもはや近づきたくもない。六本木も、春日も、おおかたの街々がいっそ地上へ出たほうが明快ですなぁ。

都市の進歩、発展とは、なにごとだろう。とりわけ大江戸線が、やたらと深くて、じつはあれは核シェルターだという噂を聞く。

隅田川両岸の下町あたりは、まだしも浅くて使いやすいが。それも、つまり下々の民衆なんかはどうでもいいのかな。権力者や支配層の皆様が盤踞《ばんきょ》なさる山の手あたりのこの路線の、奥深さ使いづらさは、一種の用意周到かもしれません。

それにしても。首都崩壊、人類最期ともなろう時節を、ほんの暫時シェルターで生き延びて、それでどうするつもりなんでしょう。

左は昭和二十二年春の作、上野にて。

浮浪児の俄かにはしゃぐ花吹雪　信子

ブランコ

揺らすともなくふらここに本を読む　変哲
ふらここはブランコで、春の季語です。

歳時記によれば、古来中国の宮廷での官女たちの戯れに由来する、云々とあるが。

私などは少年時に鎌倉の浜でさんざん漕いだ思い出から、ブランコは夏の気分ですね。

あるいは雪の夜に、末期の男が孤り漕ぎながら「命短し恋せよ乙女」とつぶやき歌う、映画「生きる」の名場面がありました。

ブランコは四季をさまざまに揺れている。中国の故事に義理立てることもあるまいに。読書も、蛍の光、窓の雪。これまた春夏秋冬それぞれに味わいの営みでした。そのブランコと、読書を、揺らすともなく抱き合わせてみる。と、なにやらわが身も揺らいできて、そんな手持ちぶさたな一刻が、来し方のいつかたしかにあったような。季節は春の昼下がり、人が恋しい陽気だった。

変哲コト小沢昭一の右の句から、こんな気分も湧いてきました。けっこう類句もありそうな、つまり共感の輪が拡がりやすい句ですねぇ。そこらに季語の効用が、あるいは本質がありはしまいか。『俳句で綴る変哲半生記』（岩波書店）は、二〇一二年十二月二十日の刊行で、逝去の十日後でした。享年八十三。

はや五年余が過ぎたのか。多芸多才、自在の故人を懐かしみつつ、怒濤のごとき世の移ろいを想います。たとえば当節ならば

揺らすともなくブランコにスマホみる

迷惑な歩きスマホよりはよほどマシな光景ながら。まったくこれは無季の句ですな。たとえブランコが揺れていようと。

スマホ。ケータイ。ノートパソコン。自撮りカメラ。ｅｔｃ．便利で快適なものたちに年中囲まれる暮らしぶりを、どうやらわれらは選びとっている。夏涼しく冬暖かい、エアコン完備の環境をこそ。いわばビニールハウス栽培の果物的状況が理想郷か。

まさか？　いや、ほんと！　その証拠に、ちかごろの日本列島は、災害のニュースが打ち続く。津波、噴火、暴風雨、そしてさきごろ日本海側の雪害報道の凄まじさよ。太平洋側で日向ぼっこが申しわけないほどに。その東京でも、何センチかの降雪に交通機関が諸処で途絶し、帰宅難民がでそうな騒ぎ。なんとひ弱な首都になったことでしょう。

何十年ぶりかの大雪という非常のことゆえ、連日のニュースになる。平穏無事では視聴率が取れない。ではあるにせよ、いまやこの国の春夏秋冬は災害に巻き込まれて語られるばかりではないか。ところで歳時記には、春には雪崩《なだれ》、黄砂《こうさ》。夏には旱《ひでり》、出水《でみず》、雷《かみなり》。秋には台風、高潮《たかしお》、二百十日。冬には吹雪、火事。ｅｔｃ．けっこういろいろ取りそろえている。災害を春夏秋冬へ抱き込むところでしょうか。歴代の万民の苦楽とともに。

さてそこで。左の句は、これぞ惜春譜。

ブランコを落選候補まだ揺らす　変哲

どもり

「どもり治る」ビラべた貼りの霧笛の街　兜太

このさい金子兜太氏を偲びます。氏の句風は、しばしばおおげさではったりめきながら「暗黒や関東平野に火事一つ」いきなり新天地へ素裸で放りだされるごとき衝撃がある。そのての代表作評判作の類でもないが、句集から右の句に目が留まりました。氏は昭和三十年（一九五五）前後に日本銀行神戸支店と長崎支店にお勤めだった。この霧笛の街は神戸か長崎か。霧は秋だが海霧は夏の季語で、出船や入船がボッボッボーとしきりにどもっていたのでしょう。そしてそこらにビラが。

戦後にもまだ貼られていたのだな。戦前の昭和十年代、私の幼少時にも、そんなビラが盛り場の電柱や軒下に、べた張りでもないがありましたよ。烏森の縁日に、どもりを治す方法を声高に説く人もいた。上野の西郷さんの銅像の前で演説を打てばいいそうで、雄弁術の本を売る人だったか。そんな過激な対症療法ができるなら、誰が悩むものですか。

私はどもりの子でした。右の句からいきなり往時へ放りこまれ、どっと思い出した。どもりの子は、けっこうそこらにいましたよ。おおかたいつとなく治るのだが。中学校でもまだいることはいて、朗読でカ行に苦しむ様子が、わが身にも堪えるのでした。

いまやビラどころか噂にも聞かず、どもりはこの世に居なくなったのか。われら日本人は早口に歯切れよくなる一方のようですね。

早口なほど情報量が多いものかしら。テレビのタレント諸君の競いあう舌のそよぎに、見とれて耳に残らなかったり。ちかごろ永田町界隈では、歯切れがよくて曖昧模糊な言説だらけ。こんな風潮こそが、日本語を根元から腐らすのではあるまいか。

ときには口ごもり、立ちどまり、どもってもみるのは、いかがなものか。

折も折、鎌田慧『声なき人々の戦後史』（藤原書店、全二巻、二〇一七年刊）に出会いました。著者七十余年の来し方を仔細に聞き取る人がいて成った書で、めずらしく生い立ちから語っている。この人は小学生からのどもりで、治ったのは大学を出たころというから重症だ。おかげで人見知りの性格になり、取材の現場で立ちすくみ、決意をこめて踏みこんだ、という。

おもわず一笑。ご同様でしたよ私も。しかし、この人の凄いのは、そのたじろぎを踏み越え踏み越え、核燃料サイクル施設の六ヶ所村から、自動車絶望工場の豊田市から、三池炭鉱へ、沖縄へ、北方四島へ、日本原発列島が抱える問題点を、東奔西走しては筆一本で暴いてゆく。この壮挙を、元どもりの男が成し遂げたのですぞ。過激な対症療法的に。

いまのいまとてどもりの子が、どこかにいないはずはない。諸君に訴える。その弱みを大事にしたまえ。やがてあなたは理不尽な世に虐げられる人々の声を汲みとる、畏友鎌田慧の後継者ともなりうるでしょう。

山霧来て目鼻張りつけわが家覗く　兜太

遠花火

詩の友の大方はなし遠花火　夕爾

例年六月に山形県西川町の岩根沢小学校で、丸山薫詩碑保存会の集いがあります。折からサクランボの時節で、地場産業だもの、枝から捥《も》ぎたてを戴いたことなどを懐かしみつつ、欠席のお返事をだす。もはや例年の習いです。そして木下夕爾《ゆうじ》の右の句の想いになる。

丸山薫は、昭和二十年（一九四五）五月の東京空襲で焼け出され、岩根沢へ疎開して、小学校の代用教員を務めた。やがて愛知県豊橋市へ移住して、終生の地とされた。

岩見沢にいたのは四十代の終わりの三年間にすぎない。大柄で、あまり愛想のない人でした。温容ながら、むしろ厳しかった。そのくせ、いや、だから、土地の人々によほど強い印象を残した。教え子の少年少女たちが長じて地元の担い手となるや、まず懐かしの校庭に詩碑を建てた。

さらには瀟洒な丸山薫記念館を開館した。平成二年（一九九〇）のことで、私が伺ったのはその頃ですが。すると四十余年もむかしの代用教員の挙動を、つい昨日のことのように楽しげに人々が語るのでした。

わかるなぁ、その気持。私とてもご同様です。とりわけきびしい言辞の二三は、いまなお一昨日のことぐらいには浮かびます。

往時は文通と訪問の時代でした。見も知らぬが敬慕する岩根沢の詩人あてに、私はへたくそな詩篇を送り届けた。するとやがて豊橋から一枚のハガキが届いた。汝の詩は幼稚きわまる、よほど精進するよりない、なお原稿を見て貰うには返信料を添えるべきです。

おぉ、この人をこそ師と仰ぐべし。師の往くところに必ずや同感の若者たちは現れて、やがて豊橋を中心に、山形から東京から、大阪からは小田実《まこと》という高校生も加わって、詩誌「青い花」が生まれる。おかげでにわかに女友達が、何人もできたのでした。

豊橋へも再三伺った。限りなく懐かしい。けれどももはや行きたくない。丸山薫ご夫妻の墓をはじめ、墓巡りばかりだもの。その折の拙句「墓洗う俗名に指触れてみる」。

冒頭の句へもどります。作者の木下夕爾は、広島県福山市の人、四季系の清冽な抒情詩人として五十年の生涯をほぼ郷里にすごした。俳句は「春燈」の一門だった。晩年の作とはいえまだ四十代、遠花火の感慨は早すぎまいか。やはり文通で敬慕していた丸山薫をはじめ、大先輩たちさえ健在でしたのに。

この世代に特有の想いだろうか。大正三年（一九一四）生まれの同年の詩人に立原道造がいて、二十四歳で夭折した。だが、その一人や二人でないね。敗戦時に彼らは三十歳。徴兵、召集、学徒動員と、あの戦時下に最も消耗させられた世代ですよ。生き残っているのも負い目のような感慨が、ふりかえる空に浮かんでは消え、また浮かぶ。

詩の友は、青春そのもの。その遠花火を背にすれば、行く手にまたも拡がる暗雲？

湧きつぎて空閑ざす雲原爆忌　夕爾

粉薬や

粉薬《こぐすり》やあふむく口に秋の風　荷風

そうでした。むかしはお医者にかかれば粉薬と水薬をセットでくれた。水薬は飲むべき量の目盛が脇腹にある瓶で。

粉薬は一回分ごとに包まれていた。四角い薄紙に定量の薬を盛って、三角に折る。左右のとんがりを折りこみ、上部を斜めに二度畳みこめば、三角屋根の家の形になって出来上がり。薬剤師の手練の技だったのでしょう。

服用のときは、そっと開いて三角を横四角に折り直し、片方を指に挟み、あおむいて口中へ。そのとき永井荷風は、あるいは人生の秋の気配をおぼえたのか。

ガキのころから私は病弱で、再々お医者にかかりました。入院もした。当時の相部屋は畳敷きで、大人も子供も入れ込みだから可笑しな小父さんと出会えたり、わりあい楽しかった。親の気苦労も知らないで。

二十歳前後の結核のときは付ける薬もなかったが。七十代の再発時には、錠剤とカプセルと粉薬を飲みつづけ、だんだん減らし六ヵ月で、どうやらけろりと治った。

さきごろまた、肺炎でひと月ほど入院しましたが、かなり様子が違った。相部屋もベッドごとにカーテンで区切り、患者同士は没交渉のままに退院しちゃった。ご同病とはかぎらないし昨今は当然のことなのか。

その後は通院のたびに薬局へ。すると薬剤師の諸君はコンピュータに向かいしきりに操作して、やがてドサッと薬袋が現れる。錠剤を一粒ごとに収めた板と、一回分の薬片を収めたビニール袋の帯と。そのての機械的操作の集積が、いまや手練の技なのでしょう。それらの薬片を、毎朝食後に口へ放りこんでおりますが、正直、荷風の情緒に遠いね。あたりまえか。おぼえるのは人生の秋どころか、大晦日あたりが身の程でしょうから。死ねばいっさいが空無。というのはかなり傲岸な考えではあるまいか。私やあなたが死んだところで、今日につづく明日があるにきまっているもの。では、どうなるのか。

地獄極楽閻魔様は怖い、針の山へ飛んでゆけぇ！　という遊びが、子どものころにありましたなぁ。そんなところへは、やはり行きたくはない。天国も煉獄もご同様に。

やっぱり私は、この世がいいね。もはや日に三度の飯を食う面倒もなしに、あの街この街を気ままに歩き、そこらの石段に腰掛けたりしていられる。すると、あの並木道や街角で、先に逝った彼や彼女たちにばったり出逢う、ことでしょう。おおかた彼らも天国や地獄へ行けるほどの柄でないもの。

ほんと。こんな楽しいことがまたとあろうか！　いそいでそちらへ行く気もありませんけれど。彼女らは逝った歳頃のままなのか。こちらもその歳頃へもどればいいのか。

しかし。いまさらべつだん会いたくもない奴らもいるなぁ。彼らとは出会わずにすむ。ほどに万事具合がいいものか？

極楽に行く人送る花野かな　荷風

びいだま

びいだまの中ゆふぐれのきてゐたり　桃子

ビー玉は「びいどろの玉」の略だから、夏の季語でなくもないか。夏休みの終わりごろ、鎌倉の浜辺で苦心の砂山にビー玉をキラキラ転がせば、もう早秋の陽が傾いている。

ガキのころは半ズボンのポケットにメンコやビー玉を詰めて、近所の子らとくんずほぐれつ遊んでいると、ふいに夕暮れになる。アバヨと散り散りになった、そんな遠い日々の気分が、右の句から蘇るのでした。

俳句は今の今がいのち、ではあるまいか。写生句にせよ回想句にせよ、さながら眼前に気配を伴えばこそ。柿食えば法隆寺の鐘の音が身近に響くようだし、雪降れば明治がはるかに遠くなるではないですか。

右の句は、辻桃子句集『童子』(角川書店) 平成三年 (一九九一) 刊より。作者は若年より詩にも絵にも親しみ、昭和六十二年 (一九八七) 四十二歳にして俳句結社を立ち上げた。「童子」はその主宰誌名でもあります。句境は平俗に遊び、大胆にして自在、という定評です。

この一門に、大野朱香がいました。

あやとりの橋をとりあひ蚊帳の内　朱香

蚊帳も夏の季語で、われらの暮らしからほぼ消えてしまったが。いまどきの諸君にも推察はつくでしょう。映画や演劇の舞台に再々登場するし、「蚊帳の外」という比喩はまだ現役のはずだ。

とはいえ、じつは自身がハタと当惑。蚊帳の匂いも、くぐって浮き浮きする気分も蘇りながら、綾取りの橋は、はて、どんな手順だったっけ？　菱形がならぶ橋から、さらに奇抜な形へも変化したんだが。じれったいほど思い出せない。

朱香さんとは、浅いご縁ながら気分は昵懇でした。健在ならば、手をそえて教えても貰えように。享年五十七で亡くなって、はや六年目とは。祥月九月の命日には、書棚の句集を見なおすことにしましょう。そして改めてまた思うだろう。この小粋な句風がのびのび育ったのは、ずばりの先達にめぐりあえた幸運だな。

その先達は、句集、指導書などの著書多数で、評判作も数々ながら。左の句にも、私は目をみはりました。

烏森の縁日で、半ズボンのガキがしゃがみこんでみつめていた樟脳舟。木の葉ほどのセルロイドの小舟が盥《たらい》のなかをよろよろ、くねくね、あるいは突きあたり、尻につけた樟脳の溶け具合で動きまわる。あんな果敢《はか》ない玩具が、夏の季語として大きな歳時記には載っているのでした。

あの烏森このかた幾十星霜。あちらへよろよろ、こちらへくねくね、喜怒も哀楽もかさねてきました。ときに集いを盛りたて、ときには突き崩し、憎み憎まれ、意地でささえる夢ひとつ。東奔も西走もそれなりにしてきたつもりの老残の身をかえりみれば、樟脳舟のごときでもあったような。

樟脳舟どこまでゆけど洗面器　桃子

ほほづき

くちすへばほほづきありぬあはれあはれ　敦

右は安住敦の第一句集『まづしき饗宴』（旗艦発行所、一九四〇年刊）より。昭和十年（一九三五）の作で、ときに二十八歳。逓信省の職員でした。やがては妻となる愛人は、そのころ銀座のカフェに勤めていた。彼女が口に含んでいたのは海ほおずきにちがいない。そこで思い浮かぶ光景があります。

浅草寺四万六千日の境内を埋める鬼灯市、あの植物の実が熟したのを、中身を絞りだして丸くふくらまし、口に含んで押し鳴らす。これがほおずきで秋の季語だが。破れやすい赤い袋を女の子たちが口から出したり入れたりしゃぶっている、一目瞭然の代物でした。

海ほおずきは違う。巻貝の卵の袋で、つまり動物で弾力がある。中身を抜いた薄黄色の小袋を、口に含んで舌と顎で押せばギュッギュと鳴る。一人遊びめいた他愛なさながら、縁日でも売っていた。季語は夏。愛好者たちがけっこういたとみえます。

その証拠に、ほおずき売りの兄さんさえいた。職人風の股引姿で、手桶を小脇に裏通りを流してゆく。その姿が、記憶の底から甦ったのです。

昭和十年代に私は小学生で、通学路が西銀座のいま外堀通り、当時は電通通りでした。市電がチンチン、トラックもガタガタと表通りはけっこう騒がしかったのに、世の中ぜんたいはよほど静かだったのだな。裏通りにはいろいろな物売りがきた。紙芝居屋が拍子木をカチカチ。豆腐屋はラッパをプー。羅宇屋《らうや》は汽笛をピー。納豆屋は「なっとうや、なっとう」と呼び声で。定斎屋は天秤で担ぐ箪笥の取手をザッザッ。音はかなり響いて、法被《はっぴ》に草鞋《わらじ》姿の定斎屋さんは黙々と行き過ぎる。ジョサイヤと四文字で呼んでいました。

それにしても、海ほおずきのギュッギュごときが売り声になるものか。なっていたらしいのですよ。下校時に、例の手桶の兄さんが料理屋の軒先などで女中さんたちと立ち話しているのを見かける。裏口か格子窓のあたりでギュッギュと鳴らし、耳ある者は聴くべしと告げるのでしょう。芸者置屋《おきや》や、カフェや、あちこちの姉さんたちと馴染みらしい兄さんは、憧れでした。あんないなせな兄貴になりたい。ただ一つ恐怖があった。兄さんの左頬の口際にグサリと深い皺がある。海ほおずきを鳴らし続ける職業病！　その凄みでかえって持てるのかもしれないが、あの顔にはなりたくなかった。

冒頭の句にもどります。恋する人の口中にあったのは、もしやあの兄さんの手桶から買ったほおずきではあるまいか。いよいよそうにちがいなく思えてくる。だって縁日以外にはふだんそこらで売っていないもの。

安住敦は、やがてこの女性と所帯を持ち、一男一女に恵まれました。そして市井の人々の哀歓をうたう俳人として大成しました。

雁啼くや一つ机に兄いもと　敦

おっぱい

人類の旬の土偶のおっぱいよ　澄子

さきごろ上野の東京国立博物館平成館で、「縄文——一万年の美の鼓動」という特別展がありました。

七月三日から九月二日まで、猛暑にめげず連日大いに混みあった由。あいにく体調不順でためらううちに、期末ほど入場待ちの行列が延びてるぞ、というのであきらめた。

観てきた友人が、土産に三百頁のカタログを譲ってくれました。ひろげれば、なるほど二百余点もの大展覧会だ。とりわけ主なる土偶は前後左右から撮られていて見飽きない。

女の子の顔の土偶が、吊り目で、三角おむすび型で、じつにあどけない。合掌したり、かがみこんだり、けっこう写実的な土偶もあれば、途方もない容姿の土偶がむしろ多勢なのですなぁ。ハート型の顔に巨大な鼻や。特大眼鏡風の眼だらけ顔や。ビヤ樽的に図太い脚や。板切れ風に薄い胴体や。百体が百様の大胆自在さよ。アブストラクトとかシュールレアリスムとかの言葉が浮かぶが、そんな区分けもたぶんしゃらくさいのでしょう、一万年の造形の前には。

人類の旬とは、そこらをズバリと言っているのだな。それぞれが異様なままに、いっそ普遍的な鼓動なのでした。

冒頭の句に、いきなりもどっております。池田澄子句集『たましいの話』(角川書店、二〇〇五年刊)より。この句にお初に出会ったときは、まず豊満なおっぱいが浮かんだ。句だもの。ところがちがった。縄文のビーナスと呼ばれる土偶がありますね。カタログで観ると、長野県茅野の出土で、高さ二七センチ。お尻がずば抜けて大きく、腹もぽっちゃり。吊り目の幼な顔で丸々と愛らしい。けれども、平らな胸にお猪口《ちょこ》を伏せたほどの突起が二つならぶのみ。土偶によっては大きめな突起もありはするが。ビーナスの豊満は下半身だ。妊娠への感嘆と敬重か。乳房も大事なはずながらまずは二の次の控えめなのでした。

してみると、泰西名画このかた、こんにちのヌードショーまで巨大なそれこそ幅を利かす風なのはいかがなものか。視覚にも触覚にもしびれる魅力ではあるにしても。

魅力のことさらな誇張は、じつは旬を過ぎてしまった手合いが開き直っているのかな。ちかごろの人類がまさにそれで、無際限な欲望へまっしぐらなあげくのグローバルな成果が、地球温暖化であるような。

ともあれ「縄文」展は、日々超満員らしかった。縄文人のはるかな末裔たち、いやその後の渡来人の末裔にせよ、万年のいのちの末端たちが上野のお山にひきよせられた。背広とネクタイの首輪に均一化の憂世であろうとも、十人はやはり十色、百体は百様であればこその、いのちのかがやきでしょう。

千人が万人だろうが尋ねる相手は見分けられる。左の句は、東の上野に対する西の渋谷駅前に、そんなわれらが昨日も明日も。

ハチ公も人も人待つ秋のくれ　澄子

さくら鍋

さくら鍋いずこの緑野走り来し　道草

さくら鍋は、馬肉の鍋料理で「咲いた桜になぜ駒つなぐ駒が勇めば花が散る」の端唄が語源でしょう。ちなみに猪肉なら牡丹鍋で、背なで吠えてる唐獅子牡丹の絵柄による由。鹿肉ならば紅葉鍋で、花札の十月の絵柄による。肉食自由化の明治このかた、いや、それ以前から大衆的にご贔屓の料理を、気取ってみせた呼び名だな。いずれも冬の季語です。

東京で桜鍋といえば、深川森下町のみの屋と、吉原土手の中江が老舗の双璧か。畳敷の広間に入れ込みで、そこで桜鍋といえば下足札、畳の感触、仲居さんの振舞いなど。いまは掘り炬燵式にもなっているらしいが、浮かぶのは鍋をめぐる情景です。

ところが右の句は、鍋の中をこそみつめている。すると、にわかに視野がひらけるのですな。東北へ、北海道へ、オーストラリアの草原へ。わずか十七文字の大飛躍です。

道草こと多田道太郎という人が、そもそも飛躍的でした。京都育ちで京都大学出の碩学。と聞けば無学な東京者の私などは飛びすさりたいはずなのに、やたらと仲良しになってしまった。ある日、お住まいの宇治から電話が掛かってきた。汝の句「学成らずもんじゃ焼いてる梅雨の路地」の、もんじゃとはなにか？　というお訊ねで。お好み焼きをごく安っぽくしたガキどもの食い物ですよ、と申しあげると、ははぁ一銭洋食のようなものかな。え、一銭洋食って？　と訊き返し、おたがいに要領をえない会話になりました。

これを機に、当時、辻征夫たちと始めていた句会へ、飛入りでおみえになった。以来、冒頭の句をはじめ奇想句を連発して、たちまち一同の敬愛の的になったのでした。

隅田川の川下りをご案内した。高尾山へも登った。逆に一同大挙して宇治のお宅へ伺ったこともあります。きりもない想い出ながら、このとき多田家そのものに目をみはった。いくつかの部屋にパソコンが置いてあり、つまり書斎が複数あって、仕事により使い分けておいでらしいのでした。

この碩学は、本業はフランス文学にせよ、現代風俗研究会のリーダーであり、嘱目のことをかたっぱしから調べまくる気配でした。好奇心に手足が生え、卓抜の頭脳が乗っていたのだな。資料万般も、なみの書庫で間にあうものか。多田邸をめぐる長大な築地塀の内側が、ぐるりとガラス戸張りの本棚になっているではないか。無類のあの文化財は、いまどうなっているのだろう。

亡くなられてはや十一年。誕生日と命日が十二月二日で、享年ぴったり八十三。こんなお人もやはりめずらしいのでは。

号して道草。すなわちミチクサの巨魁は、さぞや冥途でも、嘱目のものごとを調べまくっておいででしょう。早死にした辻征夫も呼びもどして、われらが次々に追いつくのを、どこかで待ち構えておいでかな。

あ　そうかそういうことか鰯雲　道草

賛々語々　二〇一九

初暦

初暦そっくりかえる未来未知　桜桃子

今年〔二〇一九年〕のカレンダーはおおかたが西暦で、年号は敬遠でしょう。平成は三月かぎりで、その後は未知だもの。しかし、わが家で多年愛用の千代紙模様のカレンダーは月ごとに年号を上段にかかげてきた。西暦はオマケに脇へ添えるのみ。本年度はどうかとみれば、なんとその上段に

「平成31　昭和94　大正108」

と堂々列記して、十二ヵ月を押し通している。なぁるほど、これなら四月以降もまかり通るね。昭和も遠くなりにけり。視野がむしろ時間的にひろがるようで、筒状に包んだのを二本買ってきました。

冒頭の句は『成瀬櫻桃子《おうとうし》俳句選集』（春燈俳句会、二〇一〇年刊）より、カレンダーをひろげて吊る

すと、紙質により丸め癖の強弱があり、この場合は派手に裾がそっくりかえったのだな。今年の行く末はタダゴトでないぞ、と身をよじるごとくに。

作者はいっそ笑って受けとめたか、語感から察するに。さよう。そっくりかえった財界の大物が、まさかにひっくりかえることがある。そっくりかえる一強じつは一劣も、未来未知の初暦ではありましょう。

この『俳句選集』の年譜によれば、作者は大正末に生まれ満年齢が昭和の年数と同じ。ご存命なら本年九十四歳で、昭和初の生まれの私とほぼ同世代です。弱年の肺浸潤もご同病で、あの戦争末期に結核が大流行り、結核は死病だったから、こんな言い方で自他をごまかしていた。そして敗戦。二十一歳の桜桃子は創刊の俳誌「春燈」に馳せ参じ、生涯をここに拠る。やがて久保田万太郎、安住敦を継いで主宰となった。時に昭和六十三年（一九八八）。

第一句集『風色』（牧羊社）の刊行は昭和四十八年で、そのあとがきに記す。長女美菜子が「永遠の子供」と呼ばれるダウン氏症で「この娘あるゆえに、とかく挫折しがちな精神を奮起させ、詠いつづけてこられたのだとも思う」。

年譜によれば、結婚が昭和二十三年秋で、二十六年春に長男出生。三十一年正月に長女出生。そして四十年春に、美菜子は神奈川県大磯の知的障害者更生施設の素心学院に入院する。

昭和五十六年、第二句集を刊行、『素心』（東京美術）と題した。あとがきに記す。娘が住む施設の名から頂いたので、素朴でいつわりのない心の意、負うた子に教えられ「娘の心に、あやかりたいつもりで使わせてもらった」。

生前に刊行の句集は、この二冊きりでした。その後の句作も、「春燈」主宰の活動も怠りはなかったのに。歿後の七回忌を記念して知友たちにより浩瀚な『俳句選集』が編まれた。

長女にかかわる句は基調音のごとく折々に。平成十四年（二〇〇二）正月に美菜子歿、享年四十六。その二年後の暮れに桜桃子歿、享年七十九。

最晩年の作から、左に三句を掲げます。

黄泉路《よみじ》寒かろ襟巻を巻いてゆけ　桜桃子

春の夜や夢に亡き子が「遊ぼ」と来る　〃

天国行きぶらんこに娘は手を振れり　〃

花曇り

忍《のび》、空巣、すり、掻っぱらひ、花曇　万太郎

平成の世は来月（四月）かぎり。次の年号も来月のお楽しみながら。いよいよ遠ざかる昭和を、このさい偲ぶべく右の句です。

久保田万太郎句集『流寓抄』（文藝春秋新社、一九五八年刊）より、昭和三十年（一九五五）の作。前書きに「銀座の昼を歩く」とある。東京で一番の盛り場はモダンなボーイやガールが似合いだろうに。昼日中のこんな諸君がいっそモダンか。そうかもしれません。

敗戦から十年前後は、空襲の焼野原から立ちなおり、もう戦後ではないと言われた時期です。とはいえ衣食住がひとまず間に合った程度かな。あるとき、わが家のご来客が玄関脇の応接間で父と歓談して帰りしなに、その客人の上等な靴がない。玄関の両開きの扉がすこし開いていて、さては盗まれた！ 家人在住の真っ昼間の早業で、紳士靴一足がなにがしかの値になればこその忍でした。

こんな仕業が、さだめし随所に生じていた。つまり諸君が零細に稼げる程度には、世間の暮らしが復活していた。

こんな唄がありましたな。「東京で繁華な浅草は、雷門、仲見世、浅草寺、鳩ポッポ豆うるお婆さん（略）なんだとこん畜生でお巡りさん、スリに乞食にかっぱらい、ラメチャンタラギッチョンチョンデパイノパイノパイ」

大正七年（一九一八）に添田知道が作った「東京節」の一節です。以来大流行り。繁華とは、景気と不景気がやけくそに絡んだ賑やかさ。それが戦後十年の銀座街頭にも。万太郎句は、おそらく右の唄を受けての花曇りでしょう。

とりわけスリは仕立屋銀次このかたの業師たちか。人様の懐中から掠めとるのだもの。

その諸君を引っ捕らえるお巡りさんたちもいた。下谷署のスリ係のご活躍ぶりを取材したことがあります。岩戸景気といわれたころで、檜舞台は上野駅から須田町へむかう都電の中だとか。関東各地の小売屋さんたちが、衣類や玩具をあの界隈の問屋街へ仕入れにくる。懐中のその資金をねらう業師諸君が乗りこんで。間一髪の現場を捕りおさえるべく私服刑事が乗りこんで。その敏腕刑事さんの目配りが、なにやらスリっぽくなくもないようで、仇同士は似寄ってもくるのかな。

丁々発止のそんな市井のドラマを乗せて、都電は日夜を走りまわっていたのだな。

四通八達だった都電が、荒川線一本を残して消え失せたこんにち、諸君の噂もとんと聞きませんなぁ。セコムしてますかの徹底監視社会だものね。およそ無芸な掻っぱらい諸君が剣呑なくらいか。入れ替わってオレオレ詐欺の類が、とんでもない高額を左右して、ときおり捕まるのは使い走りの諸君らしい。いまや世は裏も表も企業化時代の貧富懸隔。個人営業や家内業は衰滅の一路とみえて、商店街にシャッターならぶさみしさよ。衣食住があり余っても就活にあぶれたら万事休す。そんな世の行く末に夢も希望もあるものかしらん。

ばか、はしら、かき、はまぐりや春の雪　万太郎

万愚節

万愚節に恋うち明けしあはれさよ　敦

四月一日は、思いがけぬ嘘ついて担いだり担がれたりをおたがいに楽しむ日。このエイプリルフールの四月馬鹿または万愚節は、つとに春の季語ですが、いつ伝来したものか。

明治の文明開化このかた舶来の風習で、最もわれらに馴染んだのは、クリスマスだな。サンタクロースが天翔けて、お土産のケーキを兄弟で公平に分けあう日。戦前のわが少年期の記憶です。戦後は、おりから歳末大売出しのデパートの前にツリーが聳え立ち、イヴの夜はキャバレーもダンスホールも満員で、新宿の辻に若者らが円陣つくって気勢をあげていた。キリスト降誕とはご無縁のままに、なんであれほど盛りあがったものか。いわば昭和ならではの馬鹿騒ぎでした。

やがてバレンタインデーが伝来する。二月十四日は女性から愛を告げるに好適の日。といってもおおかたの男どもには他人事の白々しい日だが。さいわい義理チョコの登場で万人にご縁ができた。いわば平成の甘いお日柄となりました。

そしてちかごろの伝来が、ハロウィンだ。十月三十一日のそもそもは収穫祭だったらしいが。もっぱら変装を楽しむ日となって、原宿あたりを舞台に若者らが盛りあがる。なお発展途上の、次世代の馬鹿騒ぎでしょう。

そこで冒頭の句にもどります。安住敦の第一句集『まづしき饗宴』（旗艦発行所）昭和十五年（一九四〇）刊より。ざっと八十年前の句です。が、ちかごろの句のようでもあるな。

ひたすら恋する男が、新年度の第一日に意を決した。ところがお相手は、妙な日取りにはたと気づく。脈があってもなくても、笑い話に逃げられた。

百年来の季語にせよ万愚節は、むしろ知的なゲームの日なんだ。いまだにほぼ舶来の姿でいる。ケーキやチョコレートや変装グッズの商品化にもならないで。

以下は、アメリカ人で卓抜な文筆家の友人から聞いた実話です。彼は三十年ほど前に来日し、やがてアメリカ留学からもどった日本女性と結婚した。その新婚のころの平成某年四月一日に、せっかく仕立てた嘘をプレゼントする。真にうけた新妻は、担がれたと知るやプンプン怒って靴音高く外出しちゃった。

冒頭句とは裏表ながら、食い違いの思いがけなさは共通します。そこらがいっそ、この国でこの日のフールな味わいだろうか。それにしても、冒頭句の「あはれさ」は、出来過ぎで作り話っぽくもありますなぁ。

そこで改めて『まづしき饗宴』を見直せば。この句は、タイピスト、給仕、書記、課長などの生態を詠った一群の章の末尾に「ある男」と前書きしてある。当時、作者は逓信省に勤めていた。その部署で日々に見聞した、おそらく実話でしょう、これも。

いや、まてよ。そう思わせるべくこう仕立てた、やはりフィクションかな。

みごもりしことはまことか四月馬鹿　敦

夏来る

おそるべき君等の乳房夏来る《きた》　三鬼

西東三鬼《さんき》句集『夜の桃』（七洋社）昭和二十三年（一九四八）刊より。この君等は大和撫子ではない、敗戦後にどっと到来した占領軍の女兵士たちだろう。という読みがあって、そうかもしれません。

女の軍人がいることは驚きでしたが。それよりも男の兵士たちのズボンの尻がパンパンにはち切れそうなのに目を見張った。しっかり食い足りているのだな。われらは日々腹ペコなのに。しかも彼らの起居動作がのびのびと明るいことよ。黒人兵も白人兵も車に相乗りして、とりあえずは差別もないかにみえた。こういう軍隊があるんだ！

日本の軍事教練は不動の姿勢から始まり、ダブダブのズボンにゲートル巻いて、年中突っ張らかっていた。困苦欠乏のあげくの戦死が、名誉でしたからねぇ。それこそ敗けてよかった。あのカルチュア・ショックからも、戦後の希望が始まったのでした。

満州から引揚げてきた親類の話では、当地を占領のソビエトロシア軍にも逞しい女兵士たちがいた。ときにお気に召した男を連行して、翌朝缶詰などを土産に釈放してくれる。その男狩りを志願して駐屯地あたりを、むなしく気取って歩く男たちもいたとか。まさに右の句の境地でしょうか。

しかし、外人の女性と限ることもないだろう。この句の上五は「畏るべき」で、薄着の時節に男どもが、女性たちにそなわる生命力へ改めて感銘しているのだ。という読みもあり、それはそうです。やや一般論ながら。

じつはこの句は、海女たちが獲物を捕らえて海面に浮かびあがる姿を描いたのだ。と読みとる人もいて、あぁそうかと、すんなり私は共感をおぼえました。

海女さんたちの働きぶりをじかに目撃してはいないのだが。岩場に近いあたりの海面へザバッと浮きあがった胸倉の深呼吸が、見えるような気がします。あちらでもこちらでもザバッ、ザバッと。

そんな過酷な労働を日々にやってのける彼女たちへの、それこそ賛嘆の一句ではあるまいか。

浮くたびに磯笛はげし海中暗し

これも三鬼の句。海面へもどったときの痛切な息遣いを「海女の笛」とも「磯嘆き」ともいうのですね。これら海女関連はすべて春の季語です。

はてな、では「夏来る」とは。季違い沙汰ではないか。はい、右は昭和三十二年の作で、冒頭句との関連はないのでした。春先から海女さんたちの働きが目立つので、春の季語だと歳時記にはありますが。そもそもは四季にわたり、いっそ夏場が稼ぎどきかも。

おもうに芸術万般が、作者と鑑賞者との協同でなりたつものでしょう。とりわけわずか十七文字の俳句は協同にこそ妙味があろう。読む人次第で「君等の乳房」がさまざまに浮かんでもよろしいのでは。几帳面に目くじら立てないでくださいな。

石の獅子五月の風に鼻孔ひらく　三鬼

梅雨永し

梅雨永し読めて書けない漢字多々　澄子

池田澄子句集『思ってます』（ふらんす堂、二〇一六年刊）より。一読、ニヤリ。ご同類です。

書くのもパソコンを使えば、現にこの小文もべつだん困りはしませんが。それでなおさらペンで葉書や日記を書くさいに、再々手が止まる。日記帳をみなおすと、コタツ、アンズの花、ヒローコンパイ、などのカナ文字が散らばっている。さきごろ不注意で額を家具に打ちつけた日の欄には「ヒタイにコブ」とある。ショックで文字が浮かばなかったか。まずはカナで間に合わせる。

漢より由来で漢字。中国大陸の文化のお蔭さまですが、この表意文字から、ひらがな、カタカナ、またはハングルをひねりだした周辺民族の利発さも、みごとでしょう。漢字しか使えない本家がおきのどくなくらいです。

漢字に楷書、隷書などの書体がある中で、「令和」は明朝体の由。明朝はゴシックともども活字体と思いきや、なにしろ明朝だもの、やはり大陸伝来の書法なのですなぁ。

令和とはおおかた、昭和へもどれの号令のつもりなんだろう。

と見透かすまでもないか。明治政府このかた一世一元のものものしい制度が、このたび天皇退位のご発意によって改変されたのは、祝着至極です。報道も、候補の六例や、提案の博士たちを伝えて明朗だ。六例のうち私の好みは万和で、人それぞれに好みを語りあうのもかつてなかった。どうせ無駄騒ぎにせよ。

それにしても、出典が万葉集で、従来の漢書ではない初の国書だぞと、なんで力むのか。典拠はやはり漢文だし、そもそも、いろはが以呂波の万葉仮名だ。異国の表意文字を自国語の表音に活用して、やがてカナ文字へ。誇るならばその自在な受容力でしょう。むしろグローバリズムの走りといおうか。

この国の権力層が、万葉集を国の誉れと持ちだすときは、きなくさいのだね。明治維新このかた、日清戦争、日露戦争、そして昭和の十五年戦争の世に。当時の少年の私も愛読しました。岩波新書の『萬葉秀歌』などを。山上憶良や大伴旅人や、それぞれの好みをお手本に、万葉まがいの幼い短歌をつづった若者たちはゴマンといたはずです。

帝《みかど》や公卿《くげ》や姫さまや、おおかた支配層の作品集だが、東歌《あずまうた》や防人《さきもり》や民衆の歌もかなりに集めた。そのなかの一首を挙げます。

「今日よりは顧みなくて大君の醜の御楯と出で立つ我は」万葉集巻二十より。

学業、恋人、事業、多々夢み顧みずにおれない人生行路が、召集令状の赤紙一枚届いた今日よりは万事休す。せめて醜の御楯と心を励まし、海ゆかば水漬く屍、山ゆかば草むす屍となった若者たちが無惨無量にいたことも、どっと思いだす万葉集ではありませんか。

憲法を改め、天皇を元首に閉じこめて、いっそ徴兵制を復活させたい顔つきが、そこらにおいでのような。

藻が咲いて言葉は文字を嫌がりぬ　澄子

短夜や

短《みじか》夜《よ》や大川端の人殺し　荷風

永井荷風句集より。明治四十二年（一九〇九）の作ですが、当時そんな事件があったのでもあるまい。おのずから浮かぶのは花井お梅か。柳橋の名妓が、やがて待合酔月の女将となったが。貧乏士族の父親が実権を握り、奉公人のはずの箱屋の峯吉が番頭面で、女の身は立つ瀬がない。怒って飛びだしたものの、峯吉に取り成してもらうべく浜町河岸へ呼びだすと、意に添えと色仕掛けに怒り沸騰、出刃包丁でずぶりと刺した。時に明治二十年六月九日。無期徒役となった裁判にも弥次馬雲集。以来、浜町河岸の箱屋殺しは、大当たりの芝居となり、二十二年後の俳句にもなる。

彼女ばかりでないね。明治毒婦伝の筆頭の高橋お伝は、惚れた男との暮らしのために金貸しと同衾するが貸さぬので、剃刀で喉を掻き切って金を奪い、あげくに自らも晒し首になる。明治九年八月の出来事でした。

夜嵐お絹の場合は、芸妓から金貸しに囲われたが、歌舞伎役者と恋仲になり、邪魔な旦那に石見銀山鼠取り薬を盛った。獄中で役者との子を産んだのちに、妾の身で主殺しとは言語道断と、やはり晒し首になる。明治四年のこと。それもこれも読物に芝居に、ながく語り継がれたのでした。

彼女らの盛名は、明治のなまびらけの世につまずいた事例の、代表格か。四民平等を唱えながらむしろなおさら差別の社会に、あれこれ難儀な万民の胸に響いたのでしょう。

犯罪は、いわば社会の病理から産まれる人間臭いドラマであった。だからこそ大江戸このかた、折々に評判の芝居ネタとなって世を賑わした。石川五右衛門。鼠小僧。出歯亀。鬼熊。説教強盗。阿部定……その流れが、いつしかパタリと途絶えた。その一因が、かの秋葉原通り魔事件でしょう。

平成二十年（二〇〇八）六月八日、日曜日の昼下がり、歩行者天国の十字路へ小型トラックが突入して人々を跳ね飛ばし、さらに男はナイフを振り回し七人死亡、十人が重軽傷。逮捕されるまで数分間の出来事でした。

無差別殺傷事件。同様な事例はこの前後にも数あり、最近は登戸駅近くで五十一歳の男が登校の小学生たちを襲った。包丁で十八人を刺し、二名死亡、三名重傷。男はその場で自殺。わずか十数秒の出来事であった由。

精密なドキュメントにこそ記録するべきか。だがドラマにはなりようがないですね。人と人ががっぷり四つに組んでこその喜怒哀楽だもの。お梅も、お伝も、お絹も、阿部定も。

ちかごろの小学生たちは七割がたが一人遊びで、鬼ごっこや隠れん坊や押しくら饅頭はしないそうですね。まさか、相撲も三角ベースも、するのはせいぜい三割か。

人の世は、過疎と過密と、遠ざかりすれちがい、芥子《けし》粒のごとき一人ごとに番号を振って、おおかたは数字でかたづける。そういう社会を、われらは作りだしております。

悪人の兄持つ妹《いも》や破《やれ》団扇《うちわ》　荷風

雲の峰

一瞬にしてみな遺品雲の峰　未知子

櫂未知子句集『カムイ』（ふらんす堂、二〇一七年刊）より。ズバリの直球。夏の季語の雲の峰が効いていますなぁ。

作者の母君が亡くなられた折の作らしい。はるかな雲の峰が、いきなり双肩に聳え立ったか。それは涅槃《ねはん》への道でもあろうか。母君は安堵して永眠されたことでしょう。

この句に出会い、改めて見回しました。いずれ遺品だらけとなる身のまわりを。

おもえば六十年ほど前に一間きりの所帯をもったころは、引越しもオート三輪一台で間に合った。隣近所もおたがいさまで、江戸の長屋住まいとさほど変わらぬような昭和のアパート暮らしでした。やがて二階建ての小屋に運よくもぐりこみ、貧乏暮らしを貫いてきたはずなのに。けっこう家具調度蔵書類に囲まれて、後期高齢者となった平成暮らしでした。

断捨離が、ちかごろにわかの流行語だ。おおかたのご家庭が多様な調度類で豊満状態なのだろうか。不用品引取りの勧誘電話が再々掛かってもくるし、さては流通促進の廃棄作業が企業化する令和の御代だな。ちなみに万物の廃棄に最も効率なのが戦争ですね、桑原々々。

しょせんその後のことは死ぬ者果報でゆくよりあるまい。心優しい縁者や知友諸君に丸投げして。とはいえ、わが手で片付けたい物も、もちろんあります。あれこれ用済みの紙屑類は資源ゴミに出そうと覚悟した気で床にひろげ、見なおすほどに、はてなぁ。メールもないころの先輩知友の書簡類や。弱年より半生かけた文学運動体の愛憎こもごもの雑録や。小学生のころの図画などや。ひろげた袋の過半を、未練がましくまた包んで、ひらきなおる。生きているかぎりは、この紙屑が薬だぞ。

冒頭の句にもどります。句集らしくもない表題に注目です。「カムイ」はアイヌ語で、日本列島の原住民の世界観のシンボル的な言葉らしい。日本語の神と同根でしょう、たぶん。万物に身近な神々が宿る心は、われらにも伝わっていますもの。

あとがきに作者曰く。北海道余市の実家から遠からぬ「神威岬《かむいみさき》の、あらゆる人間を拒むような壮麗なたたずまいを」いつか句集の表題にと願ってきた。そして集中に一句「洗ひ髪神威岬に吹かれつつ」サラリと佇む、夏の季語の洗い髪をなびかせて。

ズバリ、サラリが、この人の作風か。いっそ俳句の功徳でもありましょうか。芭蕉このかた江戸のむかしに、俳諧は身分の垣根を越えて人々を招き入れる場となった。

拒絶と許容と。自然と人生と。永遠のなかのつかの間を生きるおたがいさまの日々に根付く五七五は、紙屑めいてもあんがいの妙薬、かもしれないのでした。

葉桜やわが裡に棲む蝦夷《えぞ》と江戸　未知子

天高し

腹の中で手を振る孫よ天高し　ふゆこ
女性ならではの、これは境地でしょう。愛する娘のふくらんだ腹中から、おそらく初孫が、祖母となる人へ挨拶を送っている。

イメージぐらいは男でも浮かびますよ、胎児がはたして手を振るものかはともかくも。そこらも作者は体感的に受けとめているのだな。その気配が羨ましい。

右はモーレンカンプふゆこ句集『定本 風鈴白夜』（冬花社、二〇一二年刊）より。巻末の略歴によれば作者は本名・富田冬子。愛知県立大学を卒業し、渡米してニューヨーク国連本部に勤務。やてオランダに渡り結婚、二児を育てる。男子と女子だから、あるいは愛する息子の嫁さんの腹の中だったのかも。生まれでた孫は、オランダ語と英語と日本語を聞いて育ったはずだ。そういう児たちがどんどん増えているのですね。

さきごろ、アメリカ居住の友人室謙二に聞いた話では、次男がロシア人と結婚してソチに住み、女の子が生まれた。そこでカリフォルニアとソチから大阪へ飛来して落ち合い、孫娘を抱いた。するとこの生後八ヵ月の児はロシア語と英語と日本語を、平然と受けとめて反応している。このトリリンガルな赤ん坊のなかに、俺の未来があると思うぞ。これも幸せな祖父《じい》さんのノロケじみてはいるが。こんな事態はアメリカではざらだぜ、とも語っていました。

そんな事態でも、どれかが母国語だろう。やはり母親のお喋りが元だろうか。まずはそれが豊かでありたいが。このごろ耳にする日本語は、関西弁や東北弁の多様さもうすれて、平板な早口にばかりなっているような。

一方で、日本語がじつに達者な外人たちが諸方面で活躍ですなぁ。外国語が達者な日本人たちも諸国で活躍の様子だし。世界の現況は、あちらこちらで奇抜な権力者どもがツノ突き合い、鼻もつかえるざまにせよ。国境なんかは自在に跨いだ交わりが諸方に伸びている。さらなる豊かさを、トリリンガルな赤ん坊たちがきり拓いてくれるでしょうか。どのみちわれらの死後にせよ。

じじつ地球は縮んでなどいないよね。海洋ひろびろ、大陸もはるばる。命をはぐくむこの天体は、宏大無辺な多種多様のはずだ。

冒頭の句の作者が子を育て、孫を抱いて多年お住まいのアムステルダムは、魅惑的な都会です。市中を掘割が幾重にもめぐり、絵本のような家並みを水面に映す、その堀を観光船もゴミ集めのボートもめぐる。いまや新市街に高層ビルが林立らしいが、旧市街は建て替えても風姿は頑固に変わらない。堀端につないだ船に電燈なども引いて暮らす人々がいる。そもそも海洋民族の気質でしょう。かつてこの街にしばし滞在して、アンネ・フランクの家や花市や、明け暮れ歩き回ったが。あの人生絵巻のような八百八橋は、とうてい渡りきれないのでした。

あまたなる橋を渡りて夏果てぬ　ふゆこ

きりぎりす

きりぎりす尿瓶《しびん》のおともほそる夜ぞ　一茶

江戸時代の尿瓶は、瀬戸物でしょう。どんな形だったのか。落語「尿瓶の花活け」は、古道具屋の店先で一風変わった壺と見誤って買った世間知らずの侍が、花を活けて床の間に飾ったことで一騒動、という筋書きですが。つまり花瓶にならないでもなかった。

太古の中国の遺跡から出土したという尿瓶は、まさにずんぐりと坐りよく、上部に把手と太い口がある。青磁だから贅沢なもので、人類史とともにある姿の用具なのでした。

やがて文明開化のいつからかガラス製となり、いまや趨勢がプラスチック。軽便で、透明で、量を計る目盛もあり、もはや花瓶にはなりようもない。

右の句は、文化十三年(一八一六)、小林一茶が五十四歳の作です。諸国漂泊三十余年を切りあげ、郷里の柏原にもどって四年目の、まだまだ壮健で句境の最も充実した時期とされます。

どうやら尿瓶を、ふだんに使いなれていたのだな。それはそうだ。江戸の長屋も共同便所だし、農家の厠《かわや》は別棟で、夜中に下駄履いてゆくのも面倒だ。加齢で再々となればなおさらに。その尿瓶にそそぐ音もほそるほど、虫の音がしきりの秋の夜でした。

歳時記には、きりぎりすはむしろ昼間にチョンギースと鳴くとあるが。同類の馬追いは灯火を慕ってスイッチョと鳴くとも。いっそ虫時雨を代表してのきりぎりすでしょう。

街場育ちで草木虫魚に疎い身ながら、トンボやバッタを追い回したぐらいの少年時の記憶はあります。蠅も蚊もごく身近で、魚屋さんの店先など、吊した蠅取りリボンが何本も真っ黒になっていた。それがいっそ景気のいい感じなのでした。

その蠅取紙、蠅叩き、蠅帳《はいちょう》、蚊帳《かや》、蚤、南京虫。みんな夏の季語ですが、蚊取線香以外はおおかたご縁が切れたようだ。蚊帳こそは夏の景物で、名残惜しい気はしますが。
燕も、そうだな。春にきて秋に帰るこの渡り鳥は、盛り場の軒端にも巣をかけて「柳青める日、燕が銀座を飛ぶ日」と流行り歌にもなったのに、いまやろくに出会わない。虫っ気もない銀座など食糧難で見限ったか。

こうして害虫を駆除しまくり、伝染病もまぬがれて、平均寿命が男女とも八十歳代の長寿社会となったこんにちでしょう。めでたしめでたし、ですけれども。

「やれ打つな蠅が手をすり足をする」たとえば一茶の有名な句にしても、日ごろ見かけていなければ、いまどきの小中学生諸君には状景彷彿とはなるまいなぁ。

と後期高齢の先輩面をする柄でもないか。江戸のむかしの先達の句々には、私もたびたびとまどう、五十歩百歩のいまどきの者です。

左の句は、一茶が流浪のホームレス時代を象徴する誇張的表現なのか。それともその草むらを、ズバリの写生でしょうか。冒頭の句と同年の作です。

寝返りをするぞそこのけきりぎりす　一茶

一茶忌

一茶忌や俺の真似した句が一茶に　勇

小林一茶の命日は陰暦十一月十九日。右の句は一見無茶ですが、心根はズバリ伝わる。一茶への傾倒をこのように披瀝するのが一茶的か。やや得意げでなくもなくて。

右は小寺勇句集『随八百』（文童社、一九八四年刊）より。作者は生粋の関西人で、昭和十年（一九三五）に日野草城が俳誌「旗艦」を創刊するや馳せ参じた。ときに満十九歳。

やがて兵役に取られ「沖縄での死にぞこないめが敗戦忌」。惨澹の負け戦を生きのびて、戦後はいよいよ俳句ひとすじに。革新俳句の草城門下を生涯の誇りとしつつ、関西弁も俗語もまるだしの独自な句境をひらきました。

たとえば「ぐつわるい奴が居くさり路地焚火」。関東者の私にはずばり判るともいえぬが察しはつきます。せっかく路地の焚火の楽しみが、減殺《げんさい》されるいまいましさ。消防署の回し者みたいな正論を吐く奴がまざったか。その路地の様子がみえるようで、つまり多少お行儀はわるいが表現力は全開なのだ。

話をひろげれば、小説も、演劇も、映画も、漫画も、浪花節も、奔放な表現との出会いがよろこびでしょう。

浪花節は、浪花の生まれの芸能だろうが、関東でこそ盛んだったのか。わが青少年期には、広沢虎造、寿々木米若《すずきよねわか》、三門博《みかど》など戦前戦後をまたいでラジオにレコードに大流行《おおはや》りでした。清水の次郎長一家には大政、小政、森の石松、大瀬の半五郎、法印大五郎、桶屋の鬼吉などがいて。甲州路には黒駒の勝蔵。赤城山には国定忠治。諸処の親分子分衆をおぼえたのも、おおかた浪花節からでした。

文学青年のはしくれでドストエフスキーもヘミングウェイもブレヒトも魯迅も太宰治も読みかじってきたはずなのに。老来拭うがごとく忘却のかなたから、どうして次郎長一家がすらすら浮かぶのか。

とりわけ戦後に強烈だったのは映画だな。高倉健と池部良が、義理が重たい男の世界ゆえに修羅場へ向かう姿など、胸がふるえた。耳には「唐獅子牡丹」が切れぎれによみがえる。テレビドラマで超人気だった股旅物の唄「だれかが風の中で」なども。

やはり自在な表現力の魅力だな。ところがこの任侠路線が、ちかごろとんと下火、いっそ皆無に近いのはなぜだろう。

いやなに浪花節には森の石松も、平手造酒《みき》も健在らしいのは、さすがです。いまや浪花節は海を渡って諸国を巡業の人気なのですね。だが国内の世情一般をみわたせば、任侠は反社会勢力とでも。いかにもらしい正論が監視カメラ的に遍在して、なんと糞つまらない世の中になったものだろう。

左の句は、しかし一九八〇年代、まだ昭和のころの作です。唐獅子牡丹は六〇年代、木枯し紋次郎は七〇年代で、あの時節こそ盛りではあったのだな。そこ過ぎてはやくも、こんにちにつづく惨状を小寺勇は見抜いたか。

任侠も浪漫も廃《すた》れ大こがらし　勇

荷風の川

荷風の川北斎の川冬鷗　杏子

黒田杏子《ももこ》句集『木の椅子』（牧羊社、一九八一年刊）より。これぞ隅田川。帆掛船の行き交う江戸の川面にも、水上バスが往来するただいまも、鷗たちは舞い降りてきてくれる。

移りゆく世に変わらぬ風情の懐かしさ。ただならぬ時勢もありましたなぁ。東京大空襲。昭和二十年（一九四五）三月このかた、この川下の両岸は一望千里の焼野原だった。しかし敗戦前後は東京中の川も堀も澄みきり、魚も鷗も元気に泳ぎ舞っていたはずです。

凄まじいのは昭和四十年代だった。高度経済成長このかた工場廃水や下水の垂れ流しで異臭芬々、橋をわたるのも息をつめて一目散。いっそ蓋をしてしまえと声があがるほどに黒々と死んだ川でした。よくぞ復活したものだ。中止した花火大会も二ヵ所へ盛大になるし。ときに大量の魚が浮く事態も起きるが、それほどに魚ももどっている。

そして両岸の町々の変わりざま、変わらぬさまの明け暮れよ。永井荷風『すみだ川』は明治四十二年（一九〇九）発表の中篇小説で、帆掛船も蒸汽船も行き交うころの物語です。いまの桜橋のあたりが竹屋の渡しで、東岸の小梅町に俳諧師匠の兄が、西岸の今戸に常磐津師匠の妹がいて、その路地暮らしを躍如と描く。市内電車はまだごく一部で人々はどこへもせっせとよく歩いた。家々の天井裏を鼠が走り回っていた。二十世紀初頭の下町暮らしの、いまや貴重なドキュメントです。

いや、じつは当時ここらを下町とは呼ばなかった。この作品の主題にも関わる。常磐津師匠の一人息子は十八歳の学生で、幼馴染の煎餅屋の娘が、芸事に励んでほどなく葭町《よしちょう》に貰われてゆく。「遠い下町に行って芸者になってしまう」のが口惜しく気が揉めるのに、二つ年下の当の娘はけろりと明るい。

それはそうだ。かつては東京の随所に芸者町があり、下谷区の柳橋、日本橋区の葭町、人形町、京橋区の新橋、新富町あたりが一流だった。商家のたちならぶこの界隈が下町で、今戸や小梅町あたりは場末だった。場末の利発な娘が、葭町でお披露目したら出世だもの。

息子もいっそ芸人になりたいのに親の期待に背けない。こんな悩みは、東京市が十五区の頃のむかし話か。いやいや二十三区の近頃でも。

辻征夫詩集『ヴェルレーヌの余白に』(思潮社、一九九〇年刊)を、古本屋か図書館でみつけたら、「これはいにしえの嘘のものがたりの」と題する詩を立読みしてみてください。川面をみはらす墨田区向島の土手で、勇み肌の兄いが、同い年の幼馴染に声を掛けられる。いまや一流の当地でいちばんの売れっ子芸者が髪結い帰りで、ついておいでよ蜜豆でもおごるから。うるせぇ俺にかまうな「おととしてめえが十六で　水揚げの日に」修業中だった俺たち四人の与太者が「はじめて大酒のんでそろってげろ吐いたことなんか／てめえがばばあになったって／おしえてやらねえや」

立読みのうしろに冬の来てをりぬ　杏子

賛々語々　二〇二〇

松飾り

お降《さが》りや竹深ぶかと町のそら　龍之介

お降りは正月三ヵ日のうちの雨か雪のことで、豊年の予兆と、むしろめでたがられた。右は芥川龍之介句集より大正九年（一九二〇）の作。前年に鎌倉から田端に住み替えて、お初に迎える元旦でした。竹藪もある新興住宅地の姿が偲ばれます。

けれども。右の句から私には、幼少期になじみの商店街の姿が浮かぶのです。正月七日までは門《かど》松《まつ》が並ぶ。太竹三本を柱に松の枝葉でかこみ裾を締めあげて、まことに迎春の代表格か。いまもデパートや、料亭や、資産家の邸前などに立っていようが、世間一般は、それほどには気張れない。

昭和の戦前にわが家は、銀座西八丁目いまの外堀通りのはずれにありました。本格の門松を立てるお家はもちろんあるが、おおよそは枝葉の茂る竹がずらり並んだ。松の小枝を添えたのを、仕事師が軒並みに立て付けてくれる。　電車道の両側が俄か竹藪の列になって、それが正月らしい景気よさでした。

まるで門竹なんだが、やはり門松と呼んでいた。烏森通りなどもご同様の松飾りで、じつは冒頭の句は、田端でなくてそんな下町の三ヵ日なのかも。龍之介は両国育ち、なじみの光景でしたろう。してみるとあの門竹は、明治大正からの風習か。そこらの竹藪から伐りだしてくるまでの気安さで、松の内がすぎれば膨大なゴミとなった。

物資欠乏の戦中戦後このかた廃れた。と思っていたが、昭和の末ごろ駒込あたりの商店街で、門竹の列に出会って眼をみはりました。

懐かしいけれども門竹は、もはや邪魔くさいかも。要は松と竹の組合せで、町内会や町筋ごとに気をそろえればよろしいらしく、ちかごろは竹筒に松葉の超小型もある。本格派さえ太竹二本のスリムになっていたりする。

いっそ思い切りよく、門松の姿を色刷りにした、いわば迎春ポスターを貼りだす町筋もある。平成のいつからか、商店街とかぎらず仕舞屋《しもたや》の道筋にも見受けます。年々に増えているあんばいである。

旧来の風習が消滅一路のこのごろか。かくもめまぐるしい世の中に、むしろこうして継承の心意気か。絵姿ながら本格的な門松だぞ。無駄をはぶき、有産無産の差別もはらっての慶祝だぞ。と眺めれば好感をおぼえます。

ところで山手線鶯谷駅に近い根岸あたりは都心にしては閑雅な町で、一風独自な横丁もある。正岡子規旧居の子規庵、中村不折旧居の書道博物館、先代林家三平師匠一家が住まう三平堂などが、不規則に折れ曲がる横丁にさりげなく建ち、明治や昭和の空気がただようような。

左の句は、佐山哲郎句集『東京ぱれおろがす』（西田書店、二〇〇三年刊）より。松の内に、たまたまこの横丁を通りかかり、はたと足が止まったのでしょう。うーむ。

子規庵に鋲で留めたる松飾り　哲郎

三月

三月十日十一日わが生まれ月　澄子

池田澄子句集『思ってます』（ふらんす堂、二〇一六年刊）より。

三月十日といえば東京大空襲だ。七十五年前、昭和二十年（一九四五）のその夜B29の大編隊が襲来し、下町一帯が焼野原となった。焼失二十七万戸、罹災者百万、死者九万人。

三月十一日こそは東日本大震災。九年前、平成二十三年（二〇一一）のその日の昼下がり、三陸沖にマグニチュード9の激震おこり大津波が襲来した。東北から北関東へ、全半壊家屋四十余万戸、死者行方不明者二万二千人。福島第一原発が「想定外」の炉心溶解して、放射能汚染地帯からの避難が四十七万人。

前者は戦争という人災、後者は天災にして人災の大惨事が、六十六年間をはさんで一日違いのスリリング。

右の句集巻末の著者略歴には「一九三六年三月二五日、鎌倉に生まれ」とあります。三月は雛祭り、お彼岸、卒業式に、桜前線もちかづいて、とりわけ華やかな時節なのに。さてはわが身の誕生日が、スリリングな事態に咬みつかれそうな驚きでしたか。

ほどなく「さようなら原発１０００万人アクション」の運動が巻き起こった。集会場の明治公園へむかう人々で千駄ヶ谷駅のプラットホームが満杯の事態もありましたなぁ。デモ行進はプラカード掲げて再三再四。日比谷公園から東電本社へ。一周年の三月十一日には国会議事堂を幾万の人々の輪で包囲した。

行進も国会包囲も、年をかさねて現に続く運動です。近くは今月の二十日春分の日に、亀戸中央公園で全国集会がある。十二時半に開会、デモへ出発は十五時頃。有志の方々はどうぞ。私は体調ゆるさず残念ですが。

右の運動の呼びかけ人の中に、畏友の鎌田慧がいて、最近の著書が『叛逆老人は死なず』（岩波書店、二〇一九年刊）。これがいきなり、国会包囲デモへむかう人々の姿から書き起こしているのですよ。地下鉄駅から「まわりを同世代の男女が歩いていく」その老人たちの明るさ頼もしさ。

つまり若者が不足。それは分裂抗争に自滅して次へつなぎそこねた先行世代の責任もあろうが、嘆いてもはじまらぬ。やがての期待をこめて叛逆老人たちは今日もゆく。

じっさい『自動車絶望工場』このかたこの著者は、沖縄へ、東北へ、さまざまな現場へ身をはこび、悩み苦しむ人々の代弁者としてのペンをふるって半世紀です。

現場に身を置いてみるならば、そこに絶望も、希望の泉もあるのではないか。戦後に復活したメーデーは、逞しい労働者諸氏が主役の大行進でしたが。明治公園からはじまった原発反対デモは、文字通りに老若男女の集合で、子供連れや、乳母車を押す若夫婦もいた。あの少年少女たちはいまや青年男女に、赤ん坊たちは少年少女になっておりましょう。わが身は現場へ加われずとも、句集の表題にあやかって「思ってます」。

津波以前此処に家々人々東風《こち》　澄子

骨ト皮

先生ハ骨ト皮ニテ作ルナリ　夢二

まずお詫びです。本欄の先月号に、反原発の全国集会が三月二十日に亀戸中央公園であるぞ、参加されよ諸君、とお誘いしたが。残念ながら今回かぎりは中止の由。ごめんなさい。目下のコロナな事態には、あれこれ無念が生じますなぁ。

今月は竹久夢二句集より。明治四十年（一九〇七）三月八日の「平民新聞」所載。のちの抒情画家はまだ二十歳《はたち》余りの若者で、社会諷刺のコマ絵や川柳を同紙に寄せていました。

この句がカタカナ書きなのは、小学校の先生を指すのだね。全国の先生たちがおおかた清貧、つまり薄給に耐えていた。おそらく周知の事態を、ずばり言ってのけた。

ときは日露戦争の二年後です。辛勝を大勝と浮かれて近代産業社会へ進展するが、じきに恐慌がきて、煩悶の時節ともなる。華厳《けごん》ノ滝が自殺の名所で賑わった。

隣には銀行がある馬車がゐる　夢二

冒頭の句と同時掲載で、みるみる貧富懸隔のありさまを、ずばりです。

おどろいたなぁ。ただいまのことでもあるような。百年余りもへだてながら。

三月は卒業、四月は進学、入学。人生の節目にもなろうこの時節を、突如一ヵ月も小中高校一斉休校とは。お邸町や別荘で家庭教師をつけておける階層の方々には、コロナ除けの一刀両断的な対策かもしれないが。共働きの親たちの狼狽や、学童保育所で濃厚接触の子供らや、あれもこれもどこ吹く風の想像力欠如。つまり知性も人情も不足でした。

戦前のわが少年期をかえりみる。六年間通った小学校の、担任の先生はたっぷり肉太り、言動悠々。放課後は日が高いうちにご帰宅になってもいた。父兄たちにも尊敬され、教師は羨ましい職業だったはずです。

ところがいまや先生方は、よほどのご多忙なのね。食品はありあまりらしい昨今ゆえガリガリに痩せはしまいが。煩瑣な職務、連日の残業、そのうえ苛めなどの過労の果てに、自殺する先生方のニュースを折々に聞きます。日々の心持ちが骨ト皮か。

この国は少子化へ一路だから、教師は閑職になりそうなのにこの事態は、よほどの人手不足なんだ。課外のサークル活動まで、学童たちの面倒も見過ぎなんだよね。

いつからこんな事態になったのか。労働組合はなにをぼんやりしてるんだ。と頭ごなしは失礼かもしれません。総評（日本労働組合総評議会）は平成元年（一九八九）に解散した。戦後の労働運動の興隆は昭和とともに去り、どうやら平成は組合潰しの時節だった。さらに加入者が減少一路の令和なのか。

それはご苦労さまにちがいない。この貧富懸隔、組合凋落のさなかに、あえて次世代を育てあげようとは。それだけに余裕をたくわえ、緩急自在に取組むならば、ほんらい花も実もある魅惑的な職場でしょうになぁ。

押へれば花はなせば胡蝶かな　夢二

初のぼり

江戸住《すみ》や二階の窓の初《はつ》のぼり　一茶

アパートの二階の窓から、小振りな鯉のぼりが吹流しも付けて斜めに出ている。ははぁ、あの部屋に男の子が誕生したな。おりしも五月、メーデーの行進がゆく大通りの裏道あたりに、ふとみかける昭和の光景でした。平成のそこらの横丁でも、みかけたおぼえがあります。間借りの若夫婦の心意気でしょう。

右の句は、小林一茶『八番日記』より、文政三年（一八二〇）の作。なんと二百年もむかしからあったのか、この光景は。

ときに一茶は五十八歳、弱年よりの江戸暮らしを切りあげ、信濃の郷里にもどって八年目です。やっと所帯をもち子も生まれるが、次々に亡くして、鯉のぼりの長竿を庭に立てる間もなかったのでは。

それにつけても世知辛かった江戸暮らしが、懐かしくもあるような。大江戸八百八町には、間口の狭い二階屋が横丁あたりに軒を連ねていたとみえます。おもえばそのまま東京と、名乗りを替えたまでなんだ。在所から裸一貫で上京し、やがて二階借りの所帯をもって、子もさずかればひとまず上がり。そんな暮らしが明治、大正、昭和とつづいてきたのだな。文明開化このかたの物質的な変化こそあれ。私の父もその一人で山梨から上京し、二階借りからやがて一軒持ちへ。子供は五人で、鯉のぼりは屋根の上の物干台に立てていました。

桃の節句、菖蒲の節句。そもそもは中国由来の宮中行事だったのが、子供の誕生と成育をよろこぶ万民の祝日となったのは、江戸時代からの由。三月は女の子で、雛人形、菱餅、あられ。五月は男の子で、鯉のぼり、菖蒲湯、ちまき。生涯の思い出ともなる楽しみを、よくぞつくり広めてくださった。この時代を、あらためて見直したくなります。

カリフォルニアで多民族の家庭をいとなむ友人の室謙二に訊ねると、こういう子供の祝い日は、アメリカにもロシアにもないそうです。かの地は、大雑把にいえば近代はともあれ中世までは成長した大人が主体の文化で、子供は不完全な者の扱いだったらしい。

この地の節句は、子供が主役だ。十一月の七五三も同様に。親たちの思いをこめた行事ではあるけれども。そういえば明治のお雇い外人たちの手記にも、この島国は大人も子供も質素でいながらやたら陽気だぞ、というたぐいの刮目の記述がありましたな。

いまや相応に豊からしいこの国の、幸福度はいかがなものか。若者たちが所帯をもつには、ローンを組んでマンションでも用意する風潮で、そんな心労よりも気楽な独身増大と、いきおい少子化のなりゆきでしょうか。

左の句は、高井几董《きとう》『井華集《せいか》』より。天明八年（一七八八）の刊行です。江戸の表通りの大店は、桃の節句には雛壇を飾りたててみせびらかしたとか。とは申せ当時、幼児死亡率の高さは全国的で、一茶の家庭にかぎらなかった。であればこそ。

うら店やたんすの上のひな祭　几董

マスク

失業をしてゐるマスクかけにけり　禅寺洞

マスクは冬の季語です。しかし、もはや無季ですなぁ。さきごろ毎日新聞の川柳欄に、横浜しのちゃん作のこんな句が。

売ってないマスク車中で皆してる

まったく。路上で行き交う人も皆してる。今月はマスク特集で参ろう。冒頭の失業句もずばり現在のようだが。吉岡禅寺洞《ぜんじどう》は新興俳句運動を推進した一人でした。その昭和初期の恐慌時の状景だろうね。往年のマスクは黒や茶や色の濃い硬めの布や革製で、烏天狗のような顔になる。一冬を使い通した。

マスクのガーゼずれた女や酉の市　風天

渥美清のこの句が、まさにそれで、内側のガーゼを日々に取り替えればいいのでした。酉の市と季重ねだが、戦前のお酉さんはそれは寒かった。オーバーを着こみ、襟巻、手袋、マスクをして、一家で出かけた。その着ぶくれた連中が社頭で押しあいへしあって熱気むんむん。わが少年期のとりわけな記憶です。

それが年経てわが壮年期には、冬着にマフラー一本巻いただけで間にあった。すくなくも一の酉なら。温暖化のお酉さんでした。

そもそもマスクは、鉱山などで粉塵除けの業務用だったのが、大正中期のスペイン風邪の流行から、家庭の常備品になったと聞きます。歳時記の例句も、おおかたは旧式の烏天狗型なのだ。大御所連の左の二句も。

マスクして我を見る目の遠くより　虚子

度外れの遅参のマスクはづしけり　万太郎

白い布にいきなり紐をつけた軽便マスクは、物資欠乏の敗戦当時に現れた。

初詣マスク清らにかけにけり　信子

これぞ白マスク登場の記念的な句かもしれません。吉屋信子の昭和二十二年（一九四七）の作です。そうしていまやテレビニュースによれば、世界中がさまざまなマスクの顔だらけ。ニューヨークもパリも街頭から人影が消えた。

コロナウイルスはかくも一挙に地球上を画一化した。国境などは無いに等しい。しかし狼狽のわれら人類は、なおさら国境を堅めたい。それはそうだな、人々がやたら往来してのこのざまで、しかも対応の遅速かコロナ死者幾万の国々と、わずか数人の国もある由。とはいえやはり人類が気を揃えて立ち向かわねば。そこでマスクが当面の必携品となる。

使い捨ての白マスクは大量生産大量消費の花形へ躍りでた。うかうかするとマスク工場建設のためにジャングルを伐りひらき、ために原住の人々も獣も追いたてられ、ひそんでいた新型ウィルスがまたもひらひら地球に撒き散る。マスクはさらに増産へ。

ほぼ冗談ですが。もしや人類はこんな仕業を平然と積み重ねてきたのではあるまいか。

ともあれわれらは日々の多難を平安求めて生きねばならぬ。左の二句は、現役の俳人のわりあい最近作です。

マスクして家事手伝と記入せり　黛まどか

マスクして目は口ほどに話せない　池田澄子

花火師

花火師の河原をはしる黒づくめ　杏子

隅田川の花火大会は、例年七月末だが今年〔二〇二〇年〕は繰りあげて十一日に予定されていた。オリンピック開幕に先立つべく。しかしコロナに蹴飛ばされ、もろともに来年へ延期です。信濃川の名物長岡の花火大会も中止の由。ただし例年通りの八月一日に、コロナ克服祈願の花火は揚げるのだと。心意気ですなぁ。

そもそも花火は、江戸このかた飢饉やコレラの災害除けと慰霊をこめて打ち揚げられた。長岡の場合は戊辰《ぼしん》の役で官軍に焼き払われた災厄から復興のしるしに明治十二年（一八七九）に始まり、さきの戦争末期の昭和二十年（一九四五）八月一日に米軍の空襲を浴びて、またも市街地焼失。その焦土からの復興と慰霊の花火を再開し、大玉揚げで天下に知られたのでした。初心忘るべからず。路傍や庭先で三々五々にみあげるならば、密閉も密集も密接もなく、コロナ退治へ祈願の火玉が大きく花ひらくでしょう。

それにしても近年の花火大会は、やや華麗に過ぎるんではないかなぁ。百花繚乱のつるべ打ちには感嘆しつつも目がまわります。

「玉屋ぁ！」「鍵屋ぁ！」が、大江戸以来の花火への掛け声でした。花火師の鍵屋から玉屋が分家して、大玉に仕掛けに技を競いあった。両国橋の空にひろがる一発ごとに江戸っ子たちは声をあげて楽しみを増幅させた。

この習いは昭和にまで続いていました。敗戦から三年目の夏に再開し、両国の川面から第一発の五寸玉を打ち揚げるや、地が揺るがんばかりの歓声が沸いたといぅ。三年前に焼夷弾が雨霰《あられ》と降ってきて十万人が殺された。その空へめがけてこの焦土から、慰霊の華がひらいたぞ！　生涯忘れえぬ大歓声と、打ち揚げた花火師が語り残しております。

以来、年々の夏に賑わいを増した。川べりの桟敷や屋上の宴席で飲食しながら花火を楽しむ。いやそれは贅沢で、一般的には路上へ縁台もちだし、またはぶらつきながら、折々に気勢をあげた。

タマヤァ！　カギヤァ！

冒頭の句は、黒田杏子句集『木の椅子』（牧羊社、一九八一年刊）より。隅田川や長岡では舟から揚げていますが、日本中の諸処の大川で、河原や中洲から揚げているだろう。その暗い河原をこそみつめている句です。

おもえば花火師たちは、一年間の技量の蓄積を、夏の一夜に発散してのけるのだな、裏方に徹して。江戸このかたの歓声はその黒子たちへの賛嘆であった。しかし、今年の夏はどこも中止で、日本中の黒子の皆様が赤字だらけとなるのでは？

と、去る六月一日の宵の八時に、いきなり花火が揚がった！　日本列島の北から南へ三百ヵ所も、五分間の驚きと歓喜でした。コロナ対策へ日夜の医療の方々への感謝と、万人への激励をこめて、百六十三の花火会社が心を合わせ、いっそ赤字の自腹を切ってみせたのでした。花火こそは平和のしるし、咲いては散り、散ってはひらくいのちの華々よ。

夾竹桃《きょうちくとう》へ咲き継ぐ爆心地　杏子

親の顔

今朝秋や見入る鏡に親の顔　鬼城

村上鬼城《きじょう》の『鬼城句集』（一九一七年刊）より。鏡を見ても私は見慣れた自分の顔ですが。身内の連中は兄弟で私がいちばん父親似という。仕草まで似ているらしい。そうかなぁと亡父の写真を手にとりつくづく見ると、なるほど、なんとなく私に似ている。鼻、口、顎のあたりが。

ごく近ごろの発見です。というのも……以下ごめん被っていよいよ私事をつらねます。昨年二月に長兄が逝き、享年九十四。本年五月に弟が急逝、享年八十四。兄は老衰天寿の趣きながら。弟は元気者で父の仕事も住まいも引き継ぎ、一族の中心でした。食うものの通りがわるくて診てもらうと、胃癌がみつかり即刻入院。しかも諸処に転移していてたちまち重体。折からコロナ緊急事態で、身内も面会できず。やっと許され、苦悶の態の弟に呼びかけると眼をあけて「あ！　信男だ、信男だ」と声をあげた。これが最後の会話でした。

病院と計らって、救急車で自宅にもどり、翌日息をひきとりました。実家を訪れ整えられたベッドの遺体に対面し「あ！」と声が出た。見慣れた弟の顔に、父の面影が浮かんでいる。鼻、口、顎のあたりに。

弟は陽気で愛想よく、人と出会えば語りつ笑いつ、いつも表情が動いていた。こんなに微動もしない顔に出会うのは、いっそ初めてなんだ。すると親父が現れた。その頬へ、抱きつく思いで手を当てたのでした。

通夜も納骨も済んだ某日、机辺の父の写真を改めて手にした次第です。日ごろ身嗜みよくネクタイ締めて、小柄で強健な人でした。享年九十三。その歳へ、生来病弱だった私がなぜか届いてしまった。もはや同年輩の爺さん同士で、似るも道理か。

八十四年前に弟が生まれたときの様子を、私は覚えております。当時はお産婆さんが夜中でも駆けつけ取りあげてくれた。盥《たらい》に湯を張って産湯を使う。町場では普通のことで、その様子を、一年後の小学三年生の折の綴方に書いた。それが担任の先生の推薦で地元の新聞に載った。その紙面を父は多年保存してくれた。おかげで記憶が確かめられ、それを小著〔『私のつづりかた――銀座育ちのいま・むかし』筑摩書房、二〇一七年刊〕に収録もしました。

私と弟の間に、妹が二人いて、上の妹は中年に亡くなり、もはや下の妹と私が残るのみですが。妹の誕生は記憶以前のことだ。

あの盥の産湯の夜の綴方は、私が書いたものが活字になった最初の経験でした。あれから多年、幸いに零細な文筆業者として生き延びてまいりました。そしていま、この死に顔の小文が絶筆ならば、首尾がぴったり整うぞ。弟への餞《はなむけ》だぞ。

だけれども。そんなにかっこうよく決めたことなんか、ある来し方だったのかい。

左の句は、田打ちで季題は春ながら。田植えの夏、案山子《かかし》の秋、寒肥《かんごえ》の冬までを、見通してもいる気配ですなぁ。

生きかはり死にかはりして打つ田かな　鬼城

耳ふたつ

満月や耳ふたつある菓子袋　克巳

『辻田克巳句集』（ふらんす堂、一九九三年刊）より。この句に出会い、おもわず笑いました、懐かしや。辻田克巳氏は昭和六年（一九三一）生まれで、昭和ヒトケタ組ならおそらく即座に浮かぶ状景ですが。はて、どの世代まで通じるだろう。

いまや買物にはレジ袋が全盛で、または手提げの大きな紙袋か。プラスチックの容れ物も多種多様で、この国の包装文化は古来豊かなようだけれども。われらの育ち盛りには、手ごろな紙袋が重宝でした。

近所の市場で「コロッケ二つちょうだい」とか「食パン半斤ジャムつけて」とかおねがいすると、

「はいよ」と肉屋やパン屋の割烹着のおばさんが紙袋をぽっとひろげて放りこみ、袋の両端をつまんでクルクル回す。すると袋は閉じて両端にとんがりができる。その耳ふたつが、開くよろこびの予告でした。

右の句は、お月見の薄《すすき》に添えて、紙袋が耳を尖らせているのだな。十五夜のお菓子に期待がふくらむ。そんな回想の句でしょう。

以上、むかし話です。その後に戦争、空襲があって。とことん物資欠乏の敗戦前後から、やがて高度経済成長期がきて。あれやこれやの幾十星霜が過ぎたころ、昭和四十年代の末（一九七〇年代）に、海外へはじめて言葉もわからぬ貧乏旅行を試みました。

ユーレールパスといったか欧州中の鉄道が一ヵ月間乗り放題のパスを手に入れ、当時は一番安いコースのモスクワ経由で北欧へ入り、汽車旅で国々の安宿を泊まり歩いた。アムステルダムの堀端の屋台で苺を買うと、太ったおばさんがぽっとひろげた紙袋に苺を入れ、袋の両端をつまんでクルクルっと器用に回したではないか。ア、市場のおばさんの真似してる！　正直びっくりでした。

その苺の紙袋を持ち歩きながら、考えこんだ。こんな袋も洋紙だから西洋伝来で、さてはトンガリ耳の閉じ方も、こちらが本場か？　袋とともに伝来して、市場のおばさんたちの手練の技も、文明開化の一環だった！

あれからまた幾十星霜が過ぎまして。もはや来し方はおおかた忘却の彼方ながら。フィルムの切れ端的に消えない記憶もあり、少年時の市場のコロッケ袋と、中年時のオランダの苺袋が、切れ端同士でセットになっております。あのころは諸処で出会っていた仕草ながら。

現在は、どうなのだろう。デパートやコンビニのレジ袋が、さきごろ有料になりました。並が三円、大は五円。なるべく使い回して乱用を食いとめる狙いで、要は環境問題だ。

一説には世界中で捨てるプラスチックのゴミが約八億キログラム、ざっと五兆もの破片が海に漂っているのだとか。さては鯨や鮫や鮪や秋刀魚や鰯の腹にさえもぐりこみ、人類どもの食卓へ舞いもどるやら。右肩上がりに進歩また進歩をかさねてきたあげくの、文冥怪化でありましょうか。

理髪灯小春日和のねぢりあめ　克巳

秋刀魚

十月や顳顬《こめかみ》さやに秋刀魚食ふ　波郷

石田波郷句集『風切』(一条書房、一九四三年刊)より。サンマのあの姿と苦みが、爽やかな秋の味わいですなぁ。秋刀魚と漢字でずばり写生している。

その秋の刀の魚を、サンマと読み、または海の月を、クラゲと読んじゃって、どうしてわれらは平気でいるのだろう。訓読みと称して多年の習慣で納得している。こうして漢字ひらがなこきまぜて森羅万象を綴ってゆくのが、日本語ならではのおもしろみでしょう。

とは申せ、顳顬が、ふりがななしで読めたらかなりの通ですよ。音読みはショウ・ジュでコメカミの由。画数が二十七と二十三で、計五十とはコメカミが痛くなりそうな。だがこの程度の漢字は、いくらでもあるのだね。先人たちもおそらく当惑して、草書を発明した。その省略の流し書きを、今人のわれらはほとんど読めない始末ですが。

この小文は、パソコンで書いておりましてKOMEKAMIとキーを八つ押せば顳顬がいきなり出る。二台あるうちの一台は出ない。内蔵のワープロ機能の差異でしょう。そこでいまさら思うには、AからZのローマ字二十六を押して、いろは四十八字の日本語を書くなんて奇妙だよなぁ。はじめに使いだしたワープロは親指シフトで、いろは使いの道具でしたが。二十世紀とともにワープロが退場し、パソコンに代えて二十年。習慣でしょう、いきなり日本語を書いている気でローマ字のキーを押しております。

おかげで、読めるが書けない漢字が増えるばかりだよ。五十画を、いわば八画ですませて重宝ながら、そのぶんなにかが退化しているのでは。

カナモジカイの活動がありましたな。五千年の歴史の国の四書五経など漢字偏重の教育へ警鐘の大衆文化運動でした。大正末から昭和を通じて、口語文の普及、漢字制限、左横書きなどを推し進めた。その余慶をいただいているこんにちです。が、限界はある。同音異義が多い日本語だもの。

漢字も外来語もまぜ書きできる美点ながらも、そのカタカナ語が、ちかごろは増え放題ではないですか。アメリカ語がそれほど世界に通用の時勢にせよ、強大国に依然として迎合の、この国の気風だろうか。

トラベルを終えてＧＯＴＯホスピタル

先日、毎日新聞の川柳欄のトップに載った石垣いちご氏の作です。この国の現下の狼狽ぶりを皮肉に捉えて、十七文字のうち生粋の日本語は四文字。

英語は敵性語でいっさい禁止という時節さえありました。さまざまにトチ狂った風雪を経て、いまや外来のカナ文字がウイルスの如くはびこるばかり。マスクはとっくに日本語ながら、ケータイと元来漢字のカタカナ語さえもあったりして。

まったく東京アラート！　気を揃えてアラーとたまげるのもうんざりのコロなんだ。

風の日は風吹きすさぶ秋刀魚の値　波郷

柴又まで

小春日や柴又までの渡し船　風天

風天こと渥美清句集『赤とんぼ』（本阿弥書店、二〇〇九年刊）より。これは矢切の渡しだ。東京の東の観光地柴又帝釈天は、参道の賑わいとともに、裏の江戸川の渡し舟も名物のひとつです。渡った先の矢切は、畑がひろがり町場はその向こうだから、地元で利用の人以外はおおむねまたもどる。いまどき艪で漕ぐ舟に揺られることが楽しみの往復です。

但しあるとき、午後の遅めに乗ったら、矢切の側に客がいなくて船頭さんが「きょうはこれでおしまい、東京へはもどらないぜ」。

あぁいいよ、と答えて、歩いて渡れる橋がないから左岸の土手を京成国府台《こうのだい》駅まで、てくてく歩いてもどりましたが。いかにもこの川は千葉県との境界で、こちら岸ではあちら岸を、東京と呼ぶのだな。

そこで冒頭の句です。柴又めがけて乗りこむとは観光客にあらず。つまり寅さんなんだ、これは。姓は車名は寅次郎のフーテン野郎が、鞄ひとつをぶらさげて下総あたりを流してきたか、穏やかな川風のなかを久しぶりに古里めざす。どんな騒動がまた起きるやら。

生まれも育ちも葛飾柴又の江戸っ子だぞ、と寅さんは啖呵を切る。葛飾なんて場末もはずれの可笑しみですが。そうか、江戸川べりの東京っ子にはちがいない。ともあれ度はずれた一本気で。

そもそも句集『赤とんぼ』は、巻頭にいきなりこんな句があります。

さくら幸せにナッテオクレヨ寅次郎

このさくらは、季語を兼ねてもいるのだな。この寅次郎と渥美清を、ほぼ混同してもさしつかえないのでしょう。あるとき浅いご縁の小沢昭一とたまたまの雑談に、評判の寅さん映画を「あれは地だものね」。あの架空の人物表現がさながらの妙演すぎて、たとえば立板に水の啖呵売ひとつが、なまじの演技でおよぶものか。新劇育ちの鬼才が、ややいまいましげな口ぶりでした。

その渥美清は、下谷区車坂町、上野駅東側の線路端の町場に生まれた。蒸気機関車が発着の汽笛を、日夜に聞いて育ったのでしょう。『赤とんぼ』に収める二百余句のうち、地名を詠みこんだのが、冒頭句をはじめ五句あります。次のとおり。

やや寒く田端の駅の操車場
日暮里の線路工夫や梅雨の朝
外套の肩のこりや上野駅

なんと東北線ばかり。連作でもないのに。田端には広大な操車場。日暮里駅は京成成田線もふくめて線路が錯綜し。明治以降の近代化を担う施設を、現場で支えぬいてきた労働者諸君よ。その挙動にこそ注目する。諸君にも東北や北陸出身の方々が多いらしい。維新このかた薩長土肥に追い立てられ、さんざん割を食いながらも、なにくそという土地柄同士の一脈通じる気配でしょうか。

残る一句は左のとおり。

始めての煙草覚えし隅田川　風天

竹馬や

竹馬や子は風の子も語り草　変哲

竹馬は冬の季語。冬の遊びとかぎるまいが、ブランコが春の季語なら、竹馬は冬の気分でしょうか。

右は小沢昭一『俳句で綴る変哲半生記』（岩波書店、二〇一二年刊）より。この人はおそらく竹馬も自在に乗りこなす少年だった。私は運動神経がにぶく、父が作っても買ってもくれなかった。転げて怪我されてたまるか、と見抜かれていました。

とはいえ遊びに事欠くものか。鬼ごっこ、隠れんぼ、めんこ、縄跳び、かごめかごめ。活発な女の子や、みそっかすの幼児もまじえて、おおかた吹きっさらしの路上にいた。陽が傾き「ご飯だよお」と呼ばれるまでは。

とりわけ馬飛びや、押しくらまんじゅうは、飛びのり、しがみつき、揉みあって、密集、密着そのものでしたなぁ。

いまも竹馬遊びの子らはいるはずだが、そこらの路上では、とんとみかけない。諸君は換気の良い室内でスマホのゲームに熱中しているのかな。

コロナこのかた、ではないね。近年の小学生は七割以上が放課後に外遊びせず、一割以上に遊び友達が一人もいない——。という千葉大学研究室の調査が発表されたのは、昨年のたしか六月でした。

なんと淋しい令和の子らよ。いや事態はさかのぼる。冒頭の句は平成十四年（二〇〇二）の作です。そのころすでに、風の子は語り草だった。小学校の放課後の校庭に、もはや子らの歓声が聞こえなかった。

川上澄生『明治少年懐古』（明治美術研究所、一九四四年刊）をみると、竹馬も、兵隊ごっこも、着物姿で学帽をかぶっている。そうか、明治の子らは着物の風の子だった。押しくらまんじゅうで帯がほどけ、お相撲ごっこになったりもしたか。

やがて大正から、昭和の子へ。私らは夏も冬も半ズボンで駆けまわっていました。遊び仲間と体力気力を発散の日々から、人それぞれ、世はさまざまと、肌でおぼえる。それが風の子なのでしょう。

そんな悪ガキ時代が不足な分ほど、せっかくの青春期に鬱屈がつのるのか。人さらい、人殺し、いつの世も異様な出来事は絶えぬにせよ、ほんとうは死にたくない自殺願望者を何人も殺してのけたり。余計者と決めこみ十何人もお国のためにかたづけてしまったり。被害も加害ももろともに、痛ましさにシンニュウかけたざまではありません。

世はますますグローバルに多様化を謳歌のさまながら。にわかに新型コロナの一律へ、強制と分断の風が吹きわたる。人々はマスクに声を荒げ、椅子は一つ置きに、行列も一人分置きに。そのくせ通勤電車は混みあって。気象もしばしば空前の荒れ模様となり。海辺に津波。山は噴火。こうしてはおれない温暖化の、一対策のはずの原子力発電所は不気味なゴミを溜めつづけて。地球が竹馬に乗っているような。

初氷割る子投げる子舐める子も　変哲

賛々語々　二〇二一

出初式

青空に用あるごとく出初《でぞめ》式　未知子

櫂未知子句集『カムイ』（ふらんす堂、二〇一七年刊）より。立てならべた大梯子の上で鳶の衆が、新春の空を蹴あげる逆立ちや、大の字に寝そべったりの離れ技を演じる。伝統は今もなお。

東京消防庁は例年一月六日に、江東区有明の公園で総員出動の演習を催す。新鋭機器の活躍とともに、江戸消防記念会の梯子の妙技も恒例で、それでこその消防出初式ですね。例年雲集の観客が今年〔二〇二一年〕限りはゼロ、参加者全員がマスク着用のテレビニュースでした。

火事と喧嘩は江戸の華。木材と襖紙の家々が、薪や炭火で煮炊きの暮らしだもの。小火《ぼや》はひんぴん、ときに大火の災難を重ねた江戸史でした。いろは四十八組の火消衆の活躍も、歌舞伎や講談に語り継がれて。

そんな暮らしが明治、大正、昭和にまで続いていたのだな。いや、ほんと。消防署の火の見櫓に見張りの人が絶えずぐるぐる巡っていましたもの。デパートの屋上から見晴らせば、ほぼ一面にトタン屋根の連なりだった。

じじつ火の手は再々あがった。消防車のサイレンが鳴り集まってくれば近火で、それっと飛びだす。みるみる見物人が群がって、駆けよる子供らにおきまりの掛け声があった。「火ァ事はどこだ牛込だ、牛のキンタマ丸焼けだァ」なんで牛込やら、ともあれ叫べば気勢があがるのでした。

後年に及んで察しがついた。牛込は、江戸城の向こう側だ。あちら山の手の武家屋敷や大地主の牛小屋が丸焼けになろうが、こちら下町は痛くも痒くもないうえに、仕事がどっと舞いこむぞ。建て直しの大工に、左官に、屋根葺きに、畳屋に、表具師に……

あいにく目前の火事にせよ景気はめぐる。山の手ならばなぁと、江戸のガキどもの願望の囃し言葉が、なんと昭和の私らにまで口伝えに伝わっていたのでした。おもえば昭和十年頃は、江戸からさほど遠くなかったのだ。

しかし。さきの敗戦から七十余年のこんにちでは、どんでん返しの変わりざまですな。超高層ビル群と不燃住宅街だらけの大路小路に鳴るサイレンは、おおかた救急車の出動で。もはや江戸などカケラもないか？　いやいや川越に、香取市に、栃木市に、小江戸の観光名所があるぞ。みごとな家並みと、掘割と。そうだ水運が日々の暮らしの動脈だった。東京も隅田川を軸に、掘割が四通八達の都会でした。つまり、火にも水にもご縁があった。それが日常からは薄れながら、非常な災害の因となるこんにちなのだ。

　水火をいとわぬ出初式でこそ、年が明けたのですね。そして二月三日は立春で、三月三日は桃の節句だ。余寒の町並みの諸処に雛の市が立った。いまやおおかたデパートの行事にせよ、日本橋の人形町は、その雛作りなどが由来の町名だ。すさまじい変わりざまながら、つながるものはつながる人の世か。新型コロナの寂れにはなったりしながらも。

雛市のくれなゐの中あゆみをり　未知子

松葉杖

受験児の横たへおける松葉杖　蕪城

　歩行に不自由な少年が進学へ挑む。試験場の教師がその杖に目を留め、無言で応援のこころでしょう。木村蕪城《ぶじょう》句集『寒泉』（東京夏炉会、一九六五年刊）より。昭和三十一年（一九五六）の作です。作者の蕪城は、弱年に結核を病み、信州富士見へ療養の身をよせ、やがて小康を得て、その土地の中学校の教師となる。諏訪に居をさだめ、俳誌「夏炉」を主宰した。

　結核は、往年は肺病といって、治す薬がなかった。空気伝染で全国的にひろがり国民病といわれました。しらぬまに感染して免疫力がついた人々が大多数のはずだけれども。そこらじゅうに患者はいて、とかく忌避された。それはそうだね。だが、病状おさまり排菌のおそれがなければ、ほぼ平常な暮らしにもどれた。蕪城の教職就任のごとくに。

松葉杖への注目も、闘病の来し方なれば。こんな句もある。「朝蛙夜蛙教師病みつづく」「友の前胸の薄さの汗拭ふ」冒頭の句とほぼ同期の作です。みるからに蒲柳の質ながらも教師歴は二十余年におよんだ。平成十六年（二〇〇四）歿、享年九十。

当時の教師は、さほど激職ではなかったのだな。わが少年期をかえりみても、そう思います。放課後、ランドセルをわが家へ置き、とって返して校庭や、そこらの横丁で遊んでいると、ときには担任の先生も黒鞄を下げて悠々とお帰りになる。持ち帰る仕事があるにせよ、まだ陽は高い。そして町の人々から尊敬されている。大人になったら先生になりたいとは、子供らに一般的な志望でした。

旧制中学校へ進むと、教科ごとに先生が代わる。音楽の先生は、より上達へ修業中らしく。国語の先生はじつは詩人だとか。それぞれに余裕も幅もありそうな大人たちでした。

ちかごろの教職は、よほど多忙で、過労死さえあるとか。現場は存ぜず仄聞《そくぶん》ながら、ふしぎな気もする。私が育った土地では小学校が将棋倒し的に廃校になりました。街造りの変化によるが、どのみち少子化だ。そのぶん教師は余りそうだが、逆なのですね。

私らのころは一クラスに五十人近くいた。いまや日本中の小学校が各クラスを三十五人以下へ、令和七年（二〇二五）までに引き下げる方針とか。授業も五年生から英語を習うし、黒板に代わる新しい機器の扱いにも慣れねばならず。いまどきの子供らはごくろうさまです。先生たちはなおさらだろう。登下校、給食、掃除、交友、等々にも目をくばり、会議会議の繁忙らしい。しかし往年の教職といえども、左の句をみよ。夜更けまで残業の日々ではないか。さすがに新学期は諸問題がたてこむ。受験、卒業、入学、進級、落第、みんな春の季語だ。夏、秋、冬は、さほどでなかった証拠でもあるね。次代を育てる貴重な任務に当然の、心身の余裕があるべきでしょう。松葉杖の児はぶじに進学したのかな。

月踏んで戻る教師等新学期　蕪城

II

春は花見か？

「春は花見か？」「でしょうね」「花より団子ともいうぞ」「言わぬが花とか」「ことわざごっこじゃない」「そうでした、俳句ね」

さまざまな事思ひ出す桜かな　松尾芭蕉

何事ぞ花見る人の長刀《ながかたな》　向井去来

「いきなり古典できたな」「基本が大切ですから。満山の桜が咲きほこった姿は、いわば全速回転の独楽が静止してみえるような。おのずから万感こもる景、なのですね」「そこへにわかに落花狼藉、か」「花は桜木人は武士、その長刀をひねくりまわすなんざ言語道断です。このように右の二句は、静と動の両極を示していまして、この間に千変万化がある」「ふーん。たとえば」

わが齢《よわい》これよりと思ふ花に立つ　星野立子《たつこ》

夜桜やうらわかき月本郷に　石田波郷

「水際立ってるねぇ、二句とも」「立子氏の四十歳ごろのお作とか。この自律、中高年の鑑でしょうか」「徒党を組んでいないんだ」「波郷氏のは、詠んだ場所が上野公園だから徒党の点はさだかでないけれど、西の宵空にかかる月齢のわかい月です」「本郷といえば五寮の健児らが想い起こされて、そっちにも「うらわかき」は掛かっているよ」「旧制高校か。戦前派とは古いなァ、句は新鮮ですけれど。では戦後へ。焼跡闇市時代から」

浮浪児の俄かにはしゃぐ花吹雪　吉屋信子

焼鳥賊の出前が届き花筵《はなむしろ》　横山左右石

「国やぶれても春は来にけり。戦災孤児らを励ました花吹雪も、上野公園の景だろうね」「焼鳥賊の出前とは、三丁目の夕日的に懐かしいです」「花筵が風雅だよ。茣蓙ひろげて毛氈《もうせん》敷くのがたしなみだった」「むりですよ、そんな。いまや段ボールやビニールシートを敷きまくって、ケータイでピザやらなにやら出前させてる」「それも現代の花筵ではあるね」「こんなのもありますよ」

日本経済新聞を敷く染井吉野　池田澄子

「うん、言えてる。これで俳句なんだ」「これで俳句なんです。リクルート・ルックがみえてきますよね」「バブルも勝ち組も負け組も、みんな染井吉野のペーソスだねぇ」「では、おなじ作者のもう一句を」

夕桜あやうくハイと言いそうに　池田澄子

桜狩してより夜ごと眼の冴えて　土肥あき子

「にわかに、あやうくなってきたな」「これこそ桜の妖気なんでしょうね。天地万物の内奥のもの、または深層心理的な表現にまで、現代の俳句はすすんでいる好例です」「そうリキまなくても、ニヤッと笑えて大人の句だよ」「夜ごととなれば妖しさに厚みがあります」「これはだね、夜桜見物へ重ねてのお誘い状よ。ただじゃぁすまないね、もう」「いい気な読み方だなぁ」

花衣《はなごろも》ぬぐやまつはる紐いろいろ　杉田久女

花衣脱ぐ間のなくて厨《くりや》ごと　稲葉敦子

坐りたるまま帯とくや花疲れ　鈴木真砂女

「そうか、おなじ花衣でも」「人さまざまでしょう。そのうえ花見をめぐる季語は花篝《はなかがり》、花筏、花の雲、花屑とか、じつに多様で、この順列組合わせで千変万化へ」「つべこべ言わずに例をあげなさい」「はい」

別々に拾ふタクシー花の雨　岡田史乃

花冷えや箪笥の底の男帯　鈴木真砂女

「どうして別々に拾うの？」「そういう事情もあるでしょ」「どうして男帯があるの？」「ですから」「十七文字といえども短篇小説ぐらいの奥行きがあるわけだ」「わかってるくせに」「さっきから女性の句ばかりならべているね。やはり情が細やかだねぇ」

花守を兼ねて手焼の煎餅屋　佐山哲郎

夕ざくら外から店の戸を下ろす　大串章

「では男の句も。二句とも花見をめぐる周辺の情景です」「この無口っぽい味わいが、男のペーソスだろうかねぇ」「それやこれやをひっくるめまして、妖しきこの季節のエキスを、あえて一句に代表させるならば」

忍《のび》、空巣、すり、掻っぱらひ、花曇《はなぐもり》　久保田万太郎

「うふふ。こういう空気のシーズンなんだ」「右も左もセキュリティだらけの息づまる昨今には、このくらいヌケヌケするのがクスリでしょう」「うむ、やっぱり春は花見にかぎるぞ!」「そしてすべては風とともに……」

はきよせてゆくはなびらも走りけり　黒田杏子

俳句を歩く　鰹篇

目には青葉山ほととぎす初鰹　山口素堂

A「大江戸の初夏を讃えて、これで決まりですね。視覚、聴覚、味覚の三つ揃いだもの」B「作者の素堂は、芭蕉とも親交があった人です。この句には「鎌倉にて」と前書きがある。いかにも鎌倉らしい道具立てですよ。江戸の下町に山があったかね」A「せいぜい愛宕山か。だけどこの鰹は、八丁櫓で一目散に江戸へ運んだんでしょう」B「うむ。芭蕉にもこんな句がありますな」

鎌倉を生きて出けむ初鰹　松尾芭蕉

A「わりあい平凡な句だね、芭蕉さんにしては。ただの説明じゃないの」B「あのねぇ、冷蔵庫も瞬間冷凍も、なにもない時代ですよ。初夏は、万物が腐りやすいシーズンで、旬とは、だからスリリングなものだった。黒潮に乗って北上する鰹の群が、伊豆沖あたりで脂がのって旨くなる。その初物をいただいて寿命を延ばそう、という三百年前の元禄時代のスリルな味覚を、たぶん現代のわれわれは想像しにくいんでしょうね」Ａ「一刻を争って大枚を投じたエピソードなんかは、正直、あほらしい気がしますよ。そうか、句というのは、季節と追いかけっこの経済活動でもあったんだ」Ｂ「それで鎌倉の句が、大江戸自慢にも化けるんだね。俳句ひとつが世間の景気をあおりたてた」Ａ「まさか？」Ｂ「ほんと！　その証拠が川柳にあるのよ」

聞いたかと問われて喰ったかと答え

目と耳はいいが口には銭がいり

目に青葉切りで句のなき京の夏

Ａ「へぇ、みんな素堂の句を受けてるのね」Ｂ「どれも『誹風柳多留《やなぎだる》』から。江戸も後期の作です。たぶん素堂の名は忘れても、誰もがその気になっていた証拠ですよ。三番目などは江戸っ子の見栄っぱりの見本だね。なにごとも上方が優れているにせよ、なにくそ青葉とホトトギスきりで京都に初鰹はあるめぇ、ざまぁみやがれ、という句だ」Ａ「女房を質においても、という見栄ですか。しかし、質におけるほどの女房もいない江戸っ子たちもいただろうに。どうしてたんだろうね」Ｂ「旬がすぎれば、どんどん値崩れして下魚なみになったらしい。こんな句もありますよ」

わが宿のおくれ鰹も月夜かな　小林一茶

大江戸や犬もありつく初鰹　〃

Ａ「さすがは一茶だね。暴落の鰹で月見の一杯とは、ひねくれた風流ですなぁ」Ｂ「あとの句は、大店の飼犬でしょう。「俎板に小判並べて初鰹」それを犬さえ食うんだから豪勢なものさと、やはり江戸自慢のようだけれど、まえの句とあわせて読めば、なんと人をコバカにした大江戸かと、むしろ嫌悪の句だよねぇ。一茶は信州からでてきた。江戸も各地からの寄合い所帯だったのは、東京のいまと大差はない。おおかたが堅実にくらしていたから保てた泰平でしょう。江戸といえば元禄とか文化文政とか、一種バブルの時期がもてはやされるが、不景気で火が消えた時期も、たっぷりあったんだから」A「そうして江戸幕府が瓦解して、東京になってからの初鰹は、どうなりましたか」

江戸っ子の中の神田や初鰹　島田五空

初鰹若え時分の話が出　竹久夢二

B「明治の句はこんなあんばい。江戸自慢の気風をひきついではいても、宵越しの銭はもたねえ放埒は、もうむかし話だな」A「竹久夢二は俳句をつくったのか」B「そもそもは日露戦争時に、コマ絵と川柳の作者として登場した人です。こんな句もあるよ。「初鰹素足にからむかんな屑」」A「絵ほどはおもしろくないね。でも、職人さんの働く姿の写生ではある。俳句は写生にかぎりますか」B「そうらしいんだなぁ、やっぱり。写生を基本にすえて、多様な展開へとむかったのが昭和の俳句でしてね」

鰹船飯くふ裸身車座に　瀧春一《しゅんいち》

河口の潮ぶっかけ洗ふ鰹売　〃

出刃の背を叩く拳や鰹切る　松本たかし

B「鰹を獲る。売る。料理する。その労働の姿をとらえて、状景が見えてくるでしょう」A「一本釣りの漁師たちが、どんぶり飯を車座でもりもり食ってるんだな。ははぁ。どの句も、荒々しさのなかに風格がありますね」B「これが近代の俳句が捉えた鰹です」A「でも、初鰹とはかぎりませんね。初鰹の句はないんですか、ちかごろは」B「ありますよ。たとえば」

初鰹夜の巷に置く身かな　石田波郷

A「消費者の立場ですか、これは。スナックで突きだしに三切れほどの刺身を、初鰹よ、と勿体つけられて、今夜は多少ボラれるのを覚悟しなくちゃ」B「みみっちいねイメージが。銀座裏のバーのマダムが今夜の仕込みを胸勘定しながら、初夏の気配をしみじみと」A「なぁんだ、五十歩百歩じゃないですか。もっとありませんか」

御僧は説かず髪らず初鰹　清水基吉

B「おそらく与謝野晶子の歌が、前提にあるのね。柔肌のあつき血汐にふれも見でさびしからずや道を説く君。なまじ男前がお説教すればこう言われるからね、もっぱら般若湯《はんにゃとう》に初鰹とくれば、あぁ極楽極楽」A「うふふ。いっそ罪がない生臭、ですか。初鰹も、あっさりとしてきたもんだな」B「そこらを現代の俳句は、こんなふうに表現しています」

初松魚燈《がつおひ》が入りて胸しづまりぬ　草間時彦

断つほどの酒にはあらず初鰹　鷹羽狩行《たかはしゅぎょう》

初鰹より土佐の旅はじまりし　稲畑汀子

B「目の色を変えるほどの初鰹にあらず、晩酌を断つほどではない微恙《びよう》の慰めに、舌鼓を打っているんだね」A「いまどきは、瞬間冷凍をまぬがれた句なんて、それこそ地元に行かなくては。すると本場は、やっぱり土佐ですか。初鰹をタタキにしてなにがわるい」B「さまざまなタブーを解きほどいてきたのが現代、ですからね」A「山口素堂から三百年。元禄の名句も、そろそろお蔵入りですか」B「どっこい、そうではないんだ。目下の新進気鋭に、こんな句が生まれています」

目には青葉尾張きしめん鰹だし　三宅やよい

A「アハハ。この手でいけば、お国自慢の全国展開が可能でしょうね」B「あの鎌倉うまれの句は、だからやっぱり絶世の名コピーなんだなぁ」

ビールと俳句と　明治より平成まで

男A「まずは乾杯」

男B「かんぱーい。ビールを俳句で、といったら、まず、これでしょうか」

遠近《おちこち》の灯りそめたるビールかな　久保田万太郎

A「うーん。この浅草の裏道で、まさにきまりだね。これに尽きます」B「まぁまぁ、いきなり結論にしないでください。そもそもビールは、文明開化の到来物ですから」A「芭蕉や一茶には、ないわけだ」B「明治九年（一八七六）にサッポロビールが創業しまして。明治十六年には正岡子規が上京して、叔父さんにはじめてビールをご馳走になったけれど、にがくて閉口したそうですよ」A「子規の『俳句分類』に、ビールがないのはそのせいか」B「東京にビヤホールがはじめてできたのが明治三十二年で、銀座八丁目あたりでした」A「ビールは、ちょっと贅沢品だったのよ。ビヤホールの開祖の馬越恭平は、芸者連に無料でどんどん飲ませて味をおぼえさせた。芸者にねだられて、旦那衆に普及したそうだ」

ビール館電車交叉を踏み鳴らす　山口誓子

A「市電はなやかなりしころだねぇ、青いスパークを飛ばしてさ」B「昭和十年（一九三五）頃の句らしいです」A「すると、この交叉点は銀座四丁目だな。あの角にライオンビヤホールができたのが昭和六年だから」B「日産ギャラリーのとこですね。ライオンはいまは七丁目です」A「あのころもビールのポスターは、芸者かモダンガールがグラスを持ってにっこりしてる。戦後も、バクダン焼酎やトリスよりもお高くとまってましたよ」B「いまやビールは消費量じゃダントツに大衆化しました。それでも日本酒や焼酎にくらべたら、どこかよそよそしいのかな。それであまり名句もない」

女C「こんちわ。こんばんわ。なにをしみじみしてんの、せっかくビールのみながら」A「やぁ、ようこそ。かけつけ乾杯！」B「あのね、ビールに名句がないのは、なぜかと」女C「やぁーだ。いくらだってあるじゃないの」

ビール酌む男ごころを灯に曝し　三橋鷹女《みつはしたかじょ》

悔なき生ありやビールの泡こぼし　鈴木真砂女《まさじょ》

ビールほろ苦し女傑となりきれず　桂信子

A「ふーむ。作者は女傑ぞろいですな」B「おみごとですが、なにか重いなぁ。ビールの苦さがテーマですね」女C「明治・大正の新しい女たちだもの。波乱の苦さは、とうぜんでしょ。昭和生まれは、またちょっとちがうよ」

嘘ばかりつく男らとビール飲む　岡本眸《ひとみ》

恋せしひと恋なきひととビール汲む　辻桃子

A「ははぁ、まいりました。ほろ苦くて、でもどこか笑いがあるね」B「この二句は、いうなら泡がテーマですよ。だんぜん女性のほうに名句がありますねぇ」女C「男たちはただ飲んでだらしなくなるか、空威張りするかでしょう。女は見ぬいているのよ。よく見て写生が俳句の極意だから、こうなるわけ」A「よく言うよ。でも、まぁ、そうかもしれない」B「句会だって終わって一杯がコタえられないでしょ。句にする苦労より、飲むたのしみが優先したんです、男どもは」A「飲みながらやってる句会もあるけどね」

聞こえしは汽笛屋上ビヤガーデン　大野朱香

ビール園まで直行の昇降機　安住敦

天上大風麦酒の泡は消えやすく　佐々木有風

B「屋上ガーデンは、高度成長のビル化の進行で生まれたたのしい現代風景です」A「この汽笛が鉄道なら、SL時代だぜ」女C「上野精養軒の屋上あたりかしら。SLは消えても無くしたくないたのしみよ。超高層ときたら屋上どころじゃないもんね」

逃げし風船天井歩くビヤホール　右城暮石《うしろぼせき》

ビヤホール椅子の背中をぶつけ合ひ　深見けん二

B「風船の句は、銀座ライオンですよ、たぶん。あの天井の高いことといったら」A「なぜ風船が天井を歩くのか。扇風機がまわってるのよ、黒いプロペラが天井でゆっくりと」B「そうです、そうです。エアコンばかりが能じゃなし。ビヤホールの天井は高けりゃ高いほど、ビールがうまいんだ」女C「へぇ、そうなの。屋上ビールも天井ビールも、気分がひろびろとはするね」B「労働者諸君は、日中は頭を押さえられていますからね。上役とか、取引先とか」女C「労働者ときたか。そうね。どの句もすこしレトロっぽいけど、日暮れのビールのうまさは、かえっていよいよ切実なんだ」

缶ビール日差し濃すぎて巨人軍　清水哲男

A「これこそ以前の後楽園。ぜったいにドームじゃありません」女C「ほんと、ほんと」B「日差し濃すぎて、というのがいかにも巨人軍ですねぇ」A「この作者は名うての巨人軍びいきで、しかもビール党でね。それが先年『さらば、東京巨人軍。』という、絶縁状の本をだした。ドームが第一の理由じゃないけれど関連はあるだろう」B「あのドームの、へなへな紙コップの割当てビールときたら、あんなのビールじゃないですよ」女C「缶ビールの句なら、こんなのもあるよ」

缶ビール旅のはじまる男たち　大井雅人

谷底に唸るやビール販売機　大野朱香

B「気分だなぁ。新幹線の窓にポンと缶を置いて」A「缶ビールは進駐軍のお土産だよ。六十年前の敗戦でやってきたアメリカ兵が、ビールの缶詰を持ってるのにはおどろいた。連中は戦争するのもビール携行だ、かないっこなかったよ。その後も日本の保守的社会は瓶ビールに執着してたけれど、缶ビールで徹底的に大衆化した。ビールが文明開化なら、缶ビールは戦後民主主義であります」女C「そうなるの？　自販機の普及も、缶ビールだからでしょうね」B「谷底に唸るというのは、山間いの温泉町かな。ビルの谷間かな」A「ビールにかかわる風俗の変遷を、けっこう俳句はスケッチしてるね」B「してますよ。名句の出現も、これからが本番でしょう。女にかぎらず」

ビール汲み陶工たちの芸談義　大島民郎《たみろう》

黒ビール白夜の光すかし飲む　有馬朗人《あきと》

B「陶工たちは熱い窯場の仕事をおえて、一風呂あびて、キューッと冷たいのをやってるんだ。お手製の陶器のジョッキで」女C「労働現場にこだわるのね。離れてもいいんじゃないの。同業組合で本場のドイツへきて、大きなビヤホールで陶器のジョッキの品定めしてるのよ」A「黒ビールのほうはグラスだね。北欧の白夜との取りあわせ。これも旅の句だ」B「ベルギーには、白ビールがあります。日本に持ってくれば、黒い夜空にすかして飲める」女C「両国に白ビールが飲める店があるよ。地ビールの専門店でさ。近いよ、隅田川の橋を三つ四つ下ればいいんだから。行こう行こう、俳句なんかどうでもいいからさ」A「そうするか」B「異議ナーシ！」A「遠近の灯りまぶしきビールかな、ときたもんだ」

ソース焼きそば　烏森縁日回想

烏森神社の縁日は、一の日と五の日に立った。新橋駅の烏森口から西へのびる通りの両側に、ずらりと露店がならんで、赤煉瓦通りをまたいだ先まで。子供の身にはかなり長い道のりにおもえた。昼間からならぶのはお祭りの時で、ふだんは夕方から。夜店の灯りのトンネルの賑わいが、月に六回出現した。

目を刺す灯くさき灯されど夜店の灯　巷児

当時、というのは戦前の昭和十二、三年（一九三七、三八）頃のことで、裸電灯をぶらさげた店と、アセチレンガスの灯りを使う店が半々ぐらいだったろうか。直立する金属パイプの先で音を立てて炎が交叉する。そのチカチカする光と臭みが、私は苦手だったけれども、それが夜店の愉しみをかきたてるのでもあった。

瀬戸物・鍋釜・衣類・履物など、さしずめスーパーが横にならんでいるあんばいで、古本屋もとびとびに何軒もあった。バナナの叩き売り、兎やヒヨコを売る店、塗り絵やメンコの店などの前はしばらく動けない。先のほうは植木市で、その先はただの暗い家並み。こころぼそくなってひきかえす。

箱釣を跼《かが》み見てゐる女かな　比奈夫

この「箱釣」は金魚すくいで夏の季語。まさか冬場にだれもやるまい。金魚すくいは私はすこし得意だった。ゴム風船釣りなどのばかげたものは当時はなかった。

ちなみに「夜店」も夏。「縁日」は季語にならない。初午、四万六千日、酉の市など、それぞれの四季に散ってしまうから。夜店も春夏秋冬にまたがるはずだけれど、そこはそれ、浴衣やアッパッパの下駄ばきが、いちばん似合う気分なのだろう。

銀座通りの夜店などは、四丁目から八丁目の東側に、年中出っぱなしだった。どんな出店だったかもう思いだせないが、父がステッキや額縁を値踏みしていたから、おおかた大人むきの店だったのだろう。コリントゲームさえ大人たちが遊んでいた。歩道に屋台がならぶのだから、狭くて混んで息苦しかった。やはり車道の両側に出店がならぶ歩行者天国でなくてはね。一家総出でも、子供ひとりで行っても、たのしい烏森の縁日だった。

ああいう小商人たちの連合体的縁日は、だんだん消えて、いまは深川の高橋《たかばし》夜店通りぐらいのものか。二十四時間営業のスーパーがこれほど普及してしまってはねぇ。不忍池の植木市、骨董市、乃木神社の骨董市など、縁日も専門化の趨勢にある。入谷の朝顔市は大通りの片側はびっしり朝顔で埋まるが、反対側はずらりと食い物の屋台が大繁盛。半分グルメの縁日になった。朝顔は一鉢二千円だが、たこ焼きなどは数百円ですむからね。

ひと鉢の朝顔選るにこのさわぎ　朱香

話はもどって、烏森へ親と行けば、ときに綿菓子が買ってもらえた。あのふわふわしたのを妹たちとうばいあって食べる。たのしいのはそこまでで、口に入れればべたついて溶けるだけ。鼻や頬がかゆくなってつまらない。

祭店うしろの闇へ水を捨て　舎利弗

水飴、ゆで卵、味噌こんにゃくなど、食い物の店は祭礼のときにいっせいにならんだ。たこ焼きなどは当時はなかった。このさい山吹鉄砲も薄荷パイプも買わねばならない。気ままに買い食いしてはいられなかった。

薄荷パイプは、大人になったら煙草を吸うつもり、その予行演習の心だった。パイプの色や形を選んで、首から紐で吊した。後年ヘビースモーカーとなったころに薄荷煙草があらわれて、これは縁日の郷愁の味がした。

ふだんの烏森の縁日にも、ソース焼きそば屋はあった。小さな屋台なのに、匂いだけは界隈にひろげて、これにも足がとまった。

大人たちは大盛りをたべたのだろうが、子供が一銭銅貨をだして「ちょうだい」といえば、ちゃんと一銭分を売ってくれた。掌にのる大きさに切ってある新聞紙の上に、一箸ほどをのせて、爪楊枝を添えてくれる。

それを惜しみ惜しみ、一本ずつたべる。長いのは指でつまんであおむいて口に入れる。この買い食いは一人のときにかぎった。父は潔癖性で、みつかったらたちまち叩き落とされていただろう。老来、その父に私は顔つきが似てきたらしい。多少は潔癖にもなったかもしれないが、当時はまるでそうではなかった。一本のこらずソース焼きそばをたべ終わると、油の染みた新聞紙がのこる。これだって一銭のうちだからね、もったいなくて舌で舐めた。インクのにじんだような新聞の切れはしを。

おもえば私は、新聞インクを舐めて育ったのであるか。

売られゆくうさぎ匂へる夜店かな　平之助

妻と歩く

夫「おい、でかけよう」妻「はいよ、どこへ」夫「ぶらぶらと足のむくまま。みろよ、この空。こんな句もあるなぁ」

閑経の妻と散歩す鰯雲　小沢変哲

妻「なによ、いきなり。あぁもう頭へきた。いつそんな失敬な句をつくったの」夫「待てよ、おれじゃないよ。おなじ小沢でも変哲という人。しみじみこれはいい句だぜ。いろいろとございましたが共白髪、ホッとして秋空をみあげている気分さ」妻「あたしは白髪じゃないからね、いろいろあったのはそっちでしょ、一緒くたにしないでよ」夫「あのねぇ、俳句をあんまり体験的にうけとりなさんな。たとえば」

腰ぬけの妻うつくしき炬燵かな　与謝蕪村

身にしむや亡き妻の櫛を閨に踏む　〃

夫「病む妻への愛憐の情、あげくに先立たれた寂寥感が、一幅の絵になっているよね。さすがに名句です」妻「あたしが先に死ねば、迷句ができると言いたいの」夫「とんでもないったら。蕪村の奥さんは、蕪村の歿後に三十年も生きていたんだって。よっぽどせいせいしたのかね。だから俳句はフィクションなの。汲みとるべきは気分ですよ」妻「そうかしら。私小説っぽいのが多いみたい。ほら、あの有名な」

足袋つぐやノラともならず教師妻　杉田久女《ひさじょ》

夫「うーん。これは大正十年（一九二一）ごろの作品で、じっさい冷たい夫婦仲だったらしいや。結局久女は「ホトトギス」を追われて俳壇のノラになる。表現はときに毒を含むんだ」妻「十七文字でも河豚の味？」夫「そう」

虹消えて了へば還る人妻に　三橋鷹女

妻「河豚ほどでもないわね」夫「この人は久女より十年若いし、ご亭主のリードで俳句に入ったんだから、そりゃ大違いさ。昭和のモダンガールという感じかな」妻「モダンボーイたちはどうなの」夫「あるある、どっさりと」

夜半の春まだ乙女《おとめ》なる妻《め》と居りぬ　日野草城

枕辺の春の灯《ともし》は妻《め》が消しぬ　〃

人妻となりて暮春《ぼしゅん》の襷《たすき》かな　〃

妻「俳句でノロケる人もいたんだ」夫「ハネムーン俳句の走りで、はしたないという非難もあったらしいけど。まだ乙女なるなんて、昭和も遠くなりにけりさ」

妻二夕夜《ふた》あらず二夕夜の天の川　中村草田男

妻抱かな春昼の砂利踏みて帰る　〃

妻「恐いみたい」夫「愛情表現もさまざまで、この人は一見無愛想だったかもね。だいたい、女房をやたら句にする人と、めったに作らぬ人と二通りあるみたいだ。草城さんあたりが前者の代表で、晩年は片目が失明し、肺を病んで五十四歳で亡くなったが、その晩年の作に」

右眼には見えざる妻を左眼にて　日野草城

妻子を担ふ片目片肺枯《かれ》手足　〃

夫「右眼の句は無季。もう季語なんか構ってられるか、という気迫で句になってる」妻「ノロケから気迫まで。それが夫婦の歴史かもね」夫「へえ、判ってんじゃない」

除夜の妻白鳥のごと湯浴みをり　森澄雄

野遊びの妻に見つけし肘えくぼ　〃

妻「きれいねぇ。神々しいみたいに」夫「この愛する妻と四十年連れ添って、先立たれるんだよね」

亡き妻をけふめとりし日水草生ふ　森澄雄

夫「わが忘れなばだれか知るらむ、だなぁこれも。絶唱ですよ。ひっきょう男の闘いは、妻子を守ることに尽きるのかなぁ」妻「のんきに散歩してる場合じゃないかもね」

スケートの濡れ刃携へ人妻よ　鷹羽狩行

妻より受く吾子は毛布の重さのみ　大串章

妻「パアッと明るい句ね」夫「現代俳句の旗手たちですからね。とりわけ吾子の句は、平明なままに、いのちの原初の姿を捉えている」妻「平凡な夫婦が、そのまんま聖なるものということね」夫「きょうはへんに判りがいいなぁ」妻「うちには吾子がいないもん」夫「いや、まぁ……。だれかにこんな句があったっけ。子を生まぬ妻ゆえいとし七五三」

俳句でありがとう

「ありがとうと言ってる俳句なんて、あるかしら」「あるかしらとはなんですか」「だって、喜怒哀楽をナマに言うもんじゃないんでしょ、俳句は」

ありがたやいただいて踏む橋の霜　芭蕉

「芭蕉さまの句ですぞ。元禄六年（一六九三）、深川新大橋成就せしとき、と前書きがある。隅田川をまたぐ橋がもう一本ふえて往来がさらにらくになった万民の喜びだね」「ふぅん。江戸っ子を代表して、お役所にゴマすってるんだ」「たくさんの人力や材木を労したことへの、大きな感謝だろう。お奉行へのヨイショを含んでいるにしても、そもそも俳句は挨拶の文芸なんですからね。まだあるぜ」

有難や雪をかほらす南谷　芭蕉

「『奥の細道』の一節で、羽黒山の南谷別院に泊まって、歌仙を巻いたときの句です」「ゆく先々で、お愛想ふりまいてたんだ」「まぁ、そうだ。士農工商のへだてをこえて挨拶を交わせるのが、俳諧のゆかしさだもの」「ゆかしいにしてはストレートすぎない？」「そうとも限らないよ」

行く春を近江の人とおしみける　芭蕉

「湖水ヲ望ミテ春ヲ惜シムという前書きで、あんばいよく迎えてくれた人たちへ、感謝の婉曲表現だなぁ」「よほど待遇がよかったんだ」「近江の豪商たちの里だもの」「俳人って、そんなにちやほやされてるものなの」「まさか」

ありがたや能なし窓の日も伸びる　一茶

「へぇ。窓際族への当てこすりみたい」「春の気配はろくでなしの身にも公平に来るもんだ、という、かなり自虐的な感慨だね。一茶らしいや」「ありがとうにも、いろいろあるんだ」「近代で句の名手といえば、この人だろう」

おぼしめしありがたく露しろきかな　久保田万太郎

「九月二十八日宮中にて御陪食、という前書きで」「なぁんだ、皇室にお招ばれして自慢たらたらなんだ。なにが名手なの、手放しじゃないの？」「まぁまぁ。では、これはどうか。前書きにいわく。『細雪』自家版を読了、たゞちに作者におくる」

下の巻のすぐにもみたき芙蓉かな　久保田万太郎

「ふぅーん。谷崎潤一郎さんに、ご本をありがとう、とてもおもしろかったです、と言ってるのね」「そうそう。芙蓉かな、と褒めあげて、ただちに送る、もニクいよ」「気が利きすぎてますよ。

もうすこし素朴にはできないものかしら」「ではいっそ自由律で」

入れものが無い両手で受ける　尾崎放哉《ほうさい》

「これは、無言のありがとうです。一椀の米か豆かを恵まれて、とっさに両の掌をまるめていただいた。おのずから頭もさがり、感謝の姿になっている」「だったら両手でいただく、ぐらいに言ったら」「あくまで動作だけなのが、放哉らしいよ。こんなのもあるぞ」

無礼なる妻よ毎日馬鹿げたものを食わしむ　橋本夢道

「なによ！　喧嘩売る気?」「ちがうったら。じつはこれは愛妻句なんだ。作者は治安維持法違反でぶちこまれ、敗戦で出獄したら、日々これ食糧難だ。馬鹿げた苦難に堪える妻よありがとうと胸裏で慟哭してるの」「だったら、そう言えばいいじゃないの」「はいはい、では、生きのいい現代の女性の句で切りあげよう」

有り難く我在りこぼす搔氷　池田澄子

お湿りや水仙に香を有り難う　〃

「この「有り難く」は、本来の意味の、めったにない、ということで、だから漢字なんだ。我思う故に我在りのデカルトを、搔氷をこぼした拍子に軽く超えて、いま生きている奇跡への感謝だね。ありがとうとは、天地万物へのみずみずしいおどろきにほかならない」「そうね。それを形式的にマニュアル化しても、三文の値打ちもないわよね」

鼻の穴ほじる勤労感謝の日　大野朱香

III

江戸切絵図で歩く

日本橋　よそから歩み入る

先年『東京骨灰紀行』（筑摩書房、二〇〇九年刊）と題する小著を、数年がかりで書き下ろしましたが、諸処を取材の折々に、江戸切絵図を持ち歩いた。

区分地図のたぐいは、もちろん持参した。スマホは普及以前で、どのみち扱いはいまもわからない。むしろ百六十年もむかしの切絵図が、あんがい役立つときがあったのです。幕末の尾張屋版をちかごろ印刷した複製で、扱いやすい。

いや、一見扱いにくい。地形はおおまかだし、東西南北が絵図ごとにちがう。第一、大名旗本屋敷の案内図が、なにをいまさら。

ところが、そうでもないんだよなと、改めて実感したのは、江戸通りを台東区から中央区へ、浅草橋をわたったときでした。その先は大江戸以来の繁華な日本橋地区で、ご存じ横山町や大伝馬町《おおでんまちょう》の繊維問屋街など旧来の町名が、わりと大事にされている。区分地図をひろげると、私は南西を向いているのに、図は北向きで勝手がちがう。ぐるりと逆さに回すと、町名もなにもすべて逆さま。

そこで切絵図をとりだした。「日本橋北・内神田・両国浜町・明細絵図」という安政六年（一八五九）版で、これも北が上なのだが。かまわず回して、浅草橋の立地点を手前にすると、みよ、これより歩み入るべき町名が、わがほうへ素直に縦書きに並んでいるではないか。江戸通りは、馬喰《ばくろう》町、小伝馬《こでんま》町と進んで、その一丁目の右手に、いま十思《じっし》公園、当時の大牢が四周に堀をめぐらし一目瞭然。左の横山町の通りは堀をこえて大伝馬町、その先の本町《ほんちょう》三丁目を左折すれば日本橋で、この一帯の道筋が、すんなり頭に入るのでした。

神田川沿いの柳原の土手には、昌平橋まで柳並木が描かれていて。その昌平橋を手前に持ちなおせば、こんにちの中央通りに、須田町、鍛冶町、今川橋、十軒店《じっけんだな》、本町、室町《むろまち》と、日本橋まで町名が素直に縦に並んでいる。

ははぁ、この切絵図は、繁華なこの下町へ、よそから歩み入る人々のために使い勝手が良い。区分地図の比ではないぞ。

浅草　天国と地獄

「今戸箕輪浅草絵図」嘉永六年（一八五三）版は、下辺に隅田川が流れる。東が下、西が上で、区分地図をほぼ横倒しの形です。浅草寺が、雷門、本堂、三社《さんじゃ》権現にひょうたん池までイラスト風に描かれて。あたりは四方八方、赤く隈取られたお寺だらけ。上野からの仏壇仏具通りも、さては大江戸以来だな。この絵図は界隈の詳細なお寺さんガイドです。

いや、待てよ。この四角い絵図の真ん中には、四周を堀でかこんだ新吉原が、田んぼの中に鎮座している。まさしくこれは四方から吉原をめざす図なのだろう。あの世とこの世の極楽へのガイドマップか。

いやいや、地獄かも。じつはこの絵図をひろげたのは、三ノ輪の浄閑寺を訪れるためでした。この寺の墓域には新吉原総霊塔が建つ。永井荷風文学碑もある。文学散歩の一名所ですがそもそもは、吉原遊郭で亡くなった遊女たちの投げ込み寺だった。二百年余にざっと二万五千体。多くが二十歳代だったとか。

なぜこの寺なのか。そこで切絵図をみる。菰《こも》でくるんだ死体をかついでまず土手通りへ上がる。現にこの通りは周囲から一段と高い。当時はこの日本堤で洪水を防いで江戸を守った。土手の北側は江戸の外だ。犬猫同然の死体は外へ捨てよう、周囲にたくさん寺があろうとも。そこで西へゆく。東は隅田川からの山谷堀が猪牙舟《ちょきぶね》の客たちで賑わっている。ゆくほどに土手下にまず見えるのが浄閑寺。しめしめと担ぎこんだのでありますなぁ。

この浄閑寺の脇の道が、台東区と荒川区の区境で、切絵図の堀を埋め立てた形に屈曲している。昭和七年（一九三二）に東京市が三十五区へ膨張するまでは、この道の浄閑寺側は東京府北豊島郡でした。新吉原総霊塔の壁に一句。「生れては苦界死しては浄閑寺」〔花又花酔〕

四ッ谷「貧民」たちの跡

むかし江戸・東京には貧民窟という名所がありました。下谷《したや》山崎町（のち万年町）、芝新網町《しんもうちょう》、四谷鮫ヶ橋が三大名所で、そこらがだんだんひらけて新開地へ移動したのが、日暮里バタ長屋、新宿旭町、板橋岩の坂など。

ところが、いまどきの区分地図で探しても、どこもみあたりませんよ。グーグルマップでもあらかたダメ。そこで切絵図をひらけば、たちまちみつかる。すくなくも三大名所は。

たとえば落語の「黄金餅《こがねもち》」は、下谷山崎町の長屋連中が、漬物樽の代用棺桶をかつぎだして、はるばる麻布の木蓮寺へ運ぶのだが。切絵図を何枚かと区分地図をみくらべながら、上野の地下鉄車庫あたりから麻布の一本松まで、その足跡がたどれたのでした。

それはだいぶ以前にやったことだ。このたびは「千駄ヶ谷・鮫ヶ橋・四ッ谷絵図」文久三年（一八六三）版をひらいた。表題にかかげるほどの土地柄をめざして。

新宿通りの四谷三丁目を南へ折れ、一本左へ左門町のしずかな通りをゆくと、赤い幟《のぼり》のお岩稲荷の小祠がある。切絵図ではいまより数倍は広い境内です。その道を突きあたって左へ、だらだら下がりの道の両側に、切絵図とそっくりに寺々が並ぶ。神社や仏閣は、なんと持ちがいいことか。浅草あたりの寺町は震災や戦災で郊外へ疎開するなどほぼ半減しているにせよ。ともあれ寺社は、切絵図と区分地図を重ね合わせるスポットです。

その道が、にわかに急坂となる突きあたりに、灰色の街場が弧をえがいて、鮫ヶ橋、谷丁と記してある。いかにも高台の寺々や屋敷の雑用をうけたまわっていたのでもあろう。この谷間の長屋町が大貧民窟となったのは、むしろ貧富懸隔の明治以降ではないのか。

現在は、若葉二丁目、三丁目のおだやかな町並みが、切絵図同様の弧をえがいています。往時の面影はもはや皆無か。いや、一つある。道がやがて中央線のガードへさしかかる右側に、瀟洒な二葉南元保育園と乳児院。これぞ明治三十九年（一九〇六）にこの地にこそひらいた二葉幼稚園が、貧民の子らを育み粉骨砕身。百年余を経てなお活動の姿です。

切絵図の自在

こんな事例は切絵図ごとにあるわけだが、さっぱり歩く気にならぬ図もあり「東都番町大絵図」などは、眺めるだけで吐息がでます。麹町・九段のほぼ相似形の道筋にいならぶ屋敷の、軒並みにびっしりと姓名を記す。ここらは幕府親衛隊の旗本屋敷で、つまり江戸城の高級官僚たちで、羽振りのいい彼らがお買い上げの品々を届ける番頭手代も、盆暮れの品や賄賂を携えた方々も、しきりに往来するのだが、当時は表札がなかったというから不便きわまる。迷って途方にくれる番町に、切絵図こそは助け船。必携の具でしたろう。

さきの「浅草絵図」も、例の泉岳寺の「高輪辺絵図」なども、赤い枠のお寺だらけで、赤枠のない切絵図はほとんどない。よくもまぁ大江戸は、こんなにたくさんの寺を養っていたものだ。そのあたりには、仏壇仏具屋、石屋、花屋、豆腐料理屋などなどの関連業種が集い、つまりはお寺もお得意筋だ。

お武家に、坊さん。絶大なる消費者階層は生産にかかわらず、緑の田畑の稔りを吸いあげておいでのわけで、今昔それも変わらずか。しからば商いで大いに儲けるのは富の平均運動で、そのための切絵図だぞ。

大名の上《かみ》・中《なか》・下《しも》屋敷、旗本、御家人、足軽長屋は小役人と一まとめに。大本山、子院に、横丁のお稲荷さんまで。ピンからキリまで情報を描き、再々改版もした。

くらべて街場は都合で縮まり、地味な灰色で一見軽視、黙殺のようながら。いやなに町名はきちんと書きこんであります。街場はきてみれば軒並みのれんをかかげて、屋号も稼業も一目瞭然。なおなにかお迷いならば随意にお訊ねなされ。それが街場でござんすよ。

くりかえします。江戸切絵図は、歩いてその地へくる人に便利につくられている。まずはお得意様案内図です。それから先は使う人の自主的行動だ。しっかりお稼ぎ。

さてそこで、区分地図にもどる。こちらも日進月歩で、ちかごろは東京二十三区を百五十等分にも区分けした便利情報地図もあり、都心部などは軒並みのビルの形状まで描いている。日ごろ重宝にしてはいますが、ふだんに持ち歩くには厚すぎる。そのうえ、すべての図が北向きのヘリコプターから俯瞰しているあんばいなのだね。こっちは地べたに立っているのにさ。自分本位に歩くには、かならずしも馴染まないです。

おもえばわれらは、区分地図から世界地図まで北が上と、とことん統一されておりますなぁ。たぶんそれでグローバルに便利にせよ、あまりの画一に無自覚でいるならば。

地図にかぎらないね。大量生産大量消費のこんにち、なににつけ画一化に慣れて長いものに巻かれっぱなし。多様化だの自主自律だの民主主義だのは、嘘の皮ではあるまいか。

もとへ。地図の話でした。「本所絵図」は隅田川が横に流れ、両国橋の先から竪川《たてかわ》が垂直に描かれている。そこへ横川が直角に交わり、名は体を表しています。区分地図の墨田区には、その竪川が横に、大横川、横十間川が縦に流れる。北が上の観念では奇妙な名称を、そのままにしている墨田区は偉い。

街場を歩けばじつのところ、北が上とかぎらぬ地図は、いくらでもあります。駅前ごとの案内図は、おおかた駅を背に前方へひろがる町並みを、下から上へ記している。上から下へのもある。駅を中央に据えて西口東口からひろがる町並みを上下に描いたり。北が上の観念よりも現地の必要を重んじて、いくらか切絵図的です。この手口こそ、地方自治への初歩の気風と申しましょうか。

私説東京七富士塚

都内に富士塚が四十二基とも、百余とも、案外まちまちなのは、遺跡や残骸や個人邸のまで含めるかどうか、数え方によるらしい。はやい話が、神田川べりの柳原稲荷神社のそれは道路より低くて、素通りでは気づかない。境内へ下りる階段の脇に、なるほど溶岩が積まれ「神田八講」ほかの石碑も立つ。「江戸八百八講」とうたわれた盛時の、ほんの断片が片寄せてあるので、貴重ではあります。

しかし、塚というからは、それらしく盛りあがっている例を、いくつか訪ねてみよう。東京の北から西へ、東へ、そして南へ。

南千住富士

日光街道筋の素盞雄《すさのお》神社境内にある。富士山から持ち帰った溶岩（ボク石）をまじえた石積みの塚で、樹木鬱蒼、祈願の白い小旗が周囲をめぐる。そもそもは、このあたり小塚原の地名由来の塚で、牛頭天王《ごずてんのう》社のご神体の扱いでもあるらしい。それが幕末の元治元年（一八六四）に富士塚になった。由来の塚を乗っとるほどに富士講が一世を風靡した証拠だろう。いまはどうやら元にもどって、天王宮の鳥居が立つ。浅間神社の碑は葉陰にある。境内に樹齢六百年の大銀杏。隣に荒川ふるさと文化館。南に彰義隊ゆかりの円通寺。〔荒川区南千住六—六〇—一／地下鉄日比谷線南千住駅より徒歩九分〕

下谷坂本富士

小野照崎《おのてるさき》神社の本殿に並んで、高さ約六メートルの円錐形の塚。ボク石で被われ、草むしている。頂上ちかく注連縄《しめなわ》をかけた烏帽子《えぼし》岩は、富士信仰中興の祖たる食行身禄《じきぎょうみろく》行者入定（一七三三年）の地の見立てか。門人らにより各所にミニチュア富士が造られ、これは文政十一年（一八二八）の築造。信仰と同時に芸術のようでもある。国の重要有形民俗文化財。例年七月一日には山開きで登れる由で、つぶさに拝見できる好機だろう。路をへだてて歌人福島泰樹和尚の法昌寺。朝顔市の入谷鬼子母神も近い。〔台東区下谷二—一三—一四／地下鉄日比谷線入谷駅より徒歩三分〕

駒込富士

塚というより樹木が茂る丘だ。古墳だったという説もあり、前方後円の後円へ横から二十三段の男坂を登ると、頂上の台地に白亜の富士神社本殿がある。左に一段低い台地から女坂となる。もと本郷にあった富士浅間神社が、寛永六年（一六二九）にその地が加賀藩上屋敷（現・東京大学）になるので、この丘へ越してきた。富士信仰の古参組だ。山肌に往年の登山道の跡もみえる。加賀鳶、れ組など、火消組の碑がやたらとある。火伏せの神様として崇敬されてきた。本郷通りへでて、南へいけば吉祥寺。北へいけば六義園。〔文京区本駒込五—七—二〇／JR・地下鉄南北線駒込駅より徒歩五分〕

江古田富士

西武池袋線の江古田駅北口前に浅間神社。拝殿の格子越しにうしろの富士塚がみえる。塚がご神体の扱いで、高さ八メートルの頂上の祠が本殿になる。天保十年（一八三九）に近在の富士講が築造した。一面に被うボク石を一同で担いできたのか。修行と行楽の両面によって、爆発的に流行したのだろう。国の重要有形民俗文化財。樹木が茂って、よく見えない。正月三が日には公開の由。

近くに日大芸術学部。わが母校ながら、通学した半世紀前は学校も町もこの社もみな寂れていた。いまはどこも新品。社の横の道が広がり、塚も三方の裾はコンクリート張り。〔練馬区小竹町一—五九—二／西武池袋線江古田駅より徒歩一分〕

千駄ヶ谷富士

鳩森《はとのもり》八幡宮の境内にある。高さ約四メートルのボク石と熊笹の塚で整備されていて、わりと楽に登れる。前面の池は、塚を築く土を掘った跡を富士八海に見立てたとか。いまは菖蒲池。寛政元年（一七八九）の築造だが、関東大震災でいったん崩れた。身禄入定の地、烏帽子岩、小御嶽《こみたけ》社、金明水《きんめいすい》ほか、富士塚の見立て条件はそろっていて、都の有形民俗文化財。背面の須走《すばし》りなど老幼の足にはけっこう難所で、なるほど御利益は富士登山に準じるのかもしれない。道をへだてて将棋会館。近在はアパレル産業の地。〔渋谷区千駄ヶ谷一―一―二四／JR千駄ヶ谷駅より徒歩五分〕

鉄砲洲富士

鉄砲洲稲荷神社境内の隅にある。本殿の右奥、塀に寄せてボク石を積む。『江戸名所図会』には隅田川べりの旧社地に大きな富士塚が描かれていて、寛政二年（一七九〇）の築造とか。明治三年（一八七〇）に当地へ移され、富士塚も二、三回移動して現形へ。意外に険阻で、千駄ヶ谷富士よりも高いが、いまや背後にもビルがそびえ見晴らしがまったく利かない。いっそ下町のお富士さんらしい。大正・昭和と富士講がつづいてきた証拠の石碑もある。近くの南高橋の鉄橋は、大正震災の復興事業で両国橋のトラスを移したもの。稲荷社、富士塚とともに中央区民文化財。〔中央区湊町一―六―七／地下鉄日比谷線八丁堀駅より徒歩八分〕

品川富士

第一京浜国道沿いの品川神社の高台にある。五十三段の石段の中ほどから左が登山口で、台地の端に高さ五メートルほどボク石が積みあがる。頂上は平坦でけっこう広いが、高所恐怖症にはやや不向き。明治二年（一八六九）の築造で、大正十一年（一九二二）に国道開通のため移動した。台地がけずられたのか。往時は富士山も海も望めたはずで、いまは品川駅東口や天王洲のビル群が見わたせる。現に例年七月一日に近い休日に、講中が山開きの行事をおこなう。塚は品川区の有形文化財、行事は無形文化財。また当社は大黒天を祀り、東海七福神の起点でもある。〔品川区北品川三―七―一五／京浜急行新馬場駅より徒歩一分〕

以上、日光街道から東海道まで、あんがい多様な東京七富士塚めぐりでした。

上野　むかしを偲ぶ坂めぐり

広小路から上野公園へ入る桜並木の坂は東京北限の台地への登り口なので、谷中・日暮里・田端・飛鳥山から果ては秩父連山へと尾根道は遙かにつづく、はずだ。おのずから気分は雄大に、花見時などドンチャンここで浮かれるのもむりはないのだ。

尾根道の両側に、坂なんか腐るほどにあります。ただし明治十六年（一八八三）の上野駅開業このかた、東側は鉄道線路にあらかた削られてしまい、いきおいご案内は西に偏する。

清水《きよみず》観音堂の真下にきた。西へ見おろす石段が清水《きよみず》坂。そのまままっすぐ不忍池の弁天堂参道へつづき、江戸名所絵にも描かれたアングルだ。いまも都心にこれだけの水景はざらにはない。三十一段の踏み石は幅に長短があり、傾斜が緩くて老人向きだが、子供には歩きにくい。少年時に私はこの坂が苦手だった。

韻松亭の前にきた。その先に、時の鐘、精養軒。左手前へ斜めにくだる忍坂《しのぶ》。その右側に、花園稲荷と五条天神社が、雛壇状に入り組んでいて、おもしろい。無愛想な社で、わりと閑散なのも結構だ。

坂下の道を右へ、どんどん歩いて動物園裏門を過ぎた先の交番の角を、右へカーブして登るのが清水《しみず》坂。右手の塀の中が動物園で、その先に都立上野高校。左の中腹に故円地文子邸。上りきれば大黒天の護国院。かつては夕暮れ動物の咆哮が聞こえたり、年代物の屋敷がならんで雰囲気があったが、いまはやたらと車が走り、排気ガスを吸って上るのはアホらしい。

むしろ一つ先の三段坂が、広くて静かでお奨めだ。途中に多慶屋《たけ》の社員寮。昭和通りの廉売店の大賑わいとは打って変わって上品なマンションで、この寮に入りたくて多慶屋に就職する人もいるかもしれない。

上って左へゆけば言問通りの善光寺坂。すぐ左の田辺文魁堂の小さなウィンドウにピカソ様ミロ様お買上げの太い筆がぶらさがる。斜め向かいの本光寺脇の横町へ入って、故岡本文弥師匠の総二階の家の前を左へ寄り道すれば、くねくね下がって玉林寺の境内へ出る。名もない隠れ坂だが、途中に井戸もあり、近年とみに知られてきた。

寄り道は止めて、直進、三崎《さんさき》坂へ来た。お寺が多い坂で、中腹の全生《ぜんしょう》庵は山岡鉄舟の菩提寺。三遊亭円朝の墓もある。見晴らしのいい共同墓所に、詩人の菅原克己も眠る。例年四月の「げんげ忌」に高田渡が来て「ブラザー軒」を歌ったのも懐かしい。向かいの中腹に谷中小学校。白壁と瓦の、やはりお寺っぽいデザインで環境につき合っている。千代紙のいせ辰、あなご鮨の乃池、菊見せんべい総本店などがあって、土産物にこと欠かない。

坂下の大澤鼈甲の角を、右へカーブするのが、よみせ通り。むかしは夜店がならんでいたのだな、と偲ばれる。どんどん進んで、右へ賑やかな谷中銀座。ゆるやかな坂道の商店街は、趣きがあっていいものだ。テレビが再々紹介してくれて、若い人たちも、老年カップルも、楽しげに散策している。でもねぇ、テレビに映るのだけが名店でもなし、いかがなものやら。

つきあたりの西日のあたる階段が「夕やけだんだん」。この秀逸な名は十数年前に公募して決めた。投じたのが作家の森まゆみさん。彼女の傑作の一つというべし。

道は上って下って日暮里駅北口へ至る。その頂上の四つ辻が、すなわち尾根道で、右へ曲がれば朝倉彫塑館。左へ折れてどんどん行けば、ここらの氏神の諏方神社へ。

その間に左へ下る細道は、みんな袋小路ですからね。お諏方さんの手前を、西へ一気に下るほそながい坂が、富士見坂。先年までは冬の晴れた日にはくっきり見えたが、本郷台にビルが建って、いまは右半分だけが、まれに見える日には見える。東京中に富士見坂は数多く、もう見えなくても、改名を気に病む要など微塵もない。江戸は西に富士山がどこからも見える都会だった、ということを子々孫々に伝えるために。

以上、西向きの坂ばかり。たちもどり、一つぐらいは東の坂を下りてみよう。

谷中墓地の桜並木道に来た。駐在所の四つ辻を東へ、そして左へ道なりに下ると、長い跨線橋へ来る。これが芋坂のなごり。右の崖一面にキリスト教徒の墓地。こんな隅に押しやられたのは、切支丹邪宗のなごりかも。一種風情のある眺めです。

橋上から二十本ものレールと、走る電車の屋根を見おろすのも一種の風情だ。先年まではここから隅田川の花火も見えた。

芋坂の由来は、端の手前の台東区の標示には「ここらで山芋が採れたから」。橋を下りた荒川区の標示には「不詳」とある。

下りきった角に、羽二重団子。店内に彰義隊の戦の遺品も飾ってある。名物の団子を食って一服しよう。おつかれさま。

昭和四十年代、町名変更という大事件

昭和三十七年（一九六二）五月十日に「住居表示に関する法律」が公布施行されて、以後、町名変更が全国的に起こって大事件だった。というけれど、このときどれほど話題になったことやら。このころは池田勇人首相の所得倍増計画期。この年、東京都の人口が一千万人を超え、首都高速道路がどんどん延びて、翌三十八年には名橋の日本橋をまたいでしまった。翌々三十九年には、東京オリンピックが開かれた。

世界の国からこんにちは。これこそ大事件でしたなぁ。飛行機の編隊が空に五輪のマークを描いているまにも、幹線道路の拡張で家並みがバリバリ蹴ちらかされ、都電の撤去が始まった。新幹線が開通して、特急で八時間の東京―大阪間がたった三時間に。そのぶん日本列島が縮みだした。

レトロの昭和三十年代よ、さようなら。併せて、各地の町名がベロベロと変わりだした。昭和四十年をはさんで前後数年間が激しく、以後もだらだらと続いたのでした。ものごとは連動している。

いまさら町名だけを惜しんでみても、いかがなものか。

とは申せ、平成の大合併による市町村名の虐殺は、ただいま焦眉の事件です。愛知県では、南セントレア市を住民投票でしりぞけたのはご同慶の至りながら、西東京市はまかり通っているらしくてご愁傷さま。こんなアホな事態がどうしておきるのか。殷鑑《いんかん》遠からず、四十年前をかえりみるのも、時世時節でありましょう。


銀座に「銀座百点」があるように、上野にタウン誌「うえの」があります。創刊は昭和三十四年五月で、銀座に四年ほど遅れ、約五十号の差がいまだに縮まらない。

その昭和四十一年九月号から翌四十二年十二月号までに「消えゆく町」十五回の連載をした。とりあげた町名は、左の通り。

池之端仲町、数寄屋町、元黒門町、同朋《どうぼう》町、北大門町、坂町、長者町、広小路町、山下町、車坂町、三橋町、五条町、西黒門町、東黒門町、下谷町、仲御徒町、茅町、池之端七軒町。

このうち十六町が、上野一丁目から七丁目へ再編され、茅町と池之端七軒町は、池之端一丁目と二丁目になった。

じつは三橋町、五条町、同朋町などは猫の額ほどに狭く、すぐ近くの文京区内にも同朋町があり、坂町に坂がなかった。再編してよほどすっきりした。そもそも上野は東北方面からの玄関口で、広域相手に商売している。遠方に馴染みのうすい町名よりも、ずばり上野といったほうが万事に重宝。

ましてやインターネット販売が盛りのこんにちにおいてをや。旧町名復活を望む酔狂な向きが、この界隈に猫一匹ほどもおいでかどうか。

とはいうものの、いざ消えてなくなるその時は、哀惜の情もおさえがたい。そこでまぁ、お悔やみ記事の連載ではありました。

連載開始時の前説にいわく。「東京の地図の上を、いま町名変更という怪物が彷徨している」。由緒ある町名を消すのは、みずからの生活と文化の蔑視にならないか……云々。

これも地元旦那衆の心情の一面ではあったはずです。その証拠はあとで触れる。本文は豊島寛彰《としまひろあき》、加太こうじの二氏におねがいしたが、この前説は、「共産党宣言」をヘタにもじったところなど、書き手はたぶん、編集部嘱託の私、小沢信男でした。

四十三年前に公布の「住居表示に関する法律」を、このさい眺めなおしてみる。

第一条「この法律は、合理的な住居表示の制度及びその実施について必要な措置を定め、もつて公共の福祉に資することを目的とする」。

なにが「公共の福祉」か、見解は多様だろうからさて措くなら、要は「合理的」一本になる。そして町名の合理化は、このときにはじまったことではないのでした。

第二条は「原則」で、都道府県、郡、市、区および町村の名称のつぎに、二つの方法のどちらかを選ぶ。

一の「街区方式」は「道路、鉄道若しくは軌道の線路その他の恒久的な施設又は河川、水路等」で区切った地域に符号をつけ、その中の「建物その他の工作物」に番号をふる。二の「道路方式」は「市町村内の道路」沿いの建物に番号をふってゆく。

おおかたは「街区方式」を採って、「道路方式」は敬遠された。

これにより、たとえば入谷町、千束町は入谷、千束の符号となり、樋口一葉の竜泉寺町は竜泉に縮んでしまった。ただし日本橋の人形町、浜町、神田鍛冶町、神保町が、人形、浜、鍛冶、神保になってたまるか。そこで、日本橋と神田界隈はわりと旧来の町名が残った。江戸開府このかたの町の、誇りと貫禄でしょうなぁ。

第三条は「実施手続」で、市町村は「議会の議決を経て」定めねばならず、「住民にその趣旨の周知徹底を図り、その理解と協力を得て行なうように努めなければならない」。

すべての町名変更は、形式民主主義的な地元の同意でおこなわれたわけです。その同意が町会長らのボス連にすぎず、悶着が生じたりもしたけれど。地元の発意と同意がありさえすれば、町名の復元も、また可能のわけなんでしょう。

以下、第十三条までいろいろあるが、第五条の2には「できるだけ従来の名称に準拠して定めなければならない」、それが難しければ「できるだけ読みやすく、かつ、簡明なものにしなければならない」とある。この前半に準拠しない例は多々ありますな。後半も曲者で、「さいたま市」なんて学力大低下への迎合があらわれるゆえんでしょうか。

第九条の2は「旧町名等の継承」には、「由緒ある町又は字の名称」が変更された場合に「その継承を図るため、標識の設置、資料の収集その他必要な措置を講ずるように努めなければならない」。

不満をなだめる一種のこれはガス抜きだろうか。ともあれ法規は、社会生活上の道具でしょう。法律と鋏は使いようで切れるとか。

上野へ話をもどします。旧町名のおおかたは、じつは現に生きている。標識や資料の博物館入りではなしに。

池之端仲町、数寄屋町、元黒門町、北大門町、広小路町、東黒門町等々が、みんな町会を結成している。親睦会などでにぎやかな町会、氏神の五条天神社の祭礼のときだけガバとめざめる町会、三橋五条町のように合併した町会もあり、西黒門町は黒門小学校の地元をさいわい、西を取って黒門町会となった。しかし寛永寺の黒門は公園口にあったので、元祖の元黒門町会では内心おもしろくないらしい……というあんばいで、伝統の町名はしっかり健在なのでありますよ。

くわえて商店会がある。御徒町の町名は四十年前に消えたけれど、JRの駅名のみか、地下鉄大江戸線では上野御徒町、新御徒町と二駅にまたがった。つくば新線にも新御徒町駅ができる。宝飾品の商い高が日本一の町の実力でしょう。そして御徒町通り商店会は、松坂屋から昭和通りへの道に「御徒町」の幟を誇らかにはためかしている。

商店街は向きあう両側の家並みで町なので、道路で区切る「街区方式」には馴染まないのでした。そこで地元の旦那衆は新を採り旧を愛し、ちゃっかり二つの町名を使い分けていらっしゃる。文句あっか。人間だって堀江貴文をホリエモンともいうではないか。

上野にかぎらず、下町はどこも、または東京中の町会が、おおかた右のごとし、かもしれません。山の手だってしたたかで、昭和四十年代以降の六本木の爆発にはあきれかえった。俳優座劇場と本屋とアマンドと。あの四つ辻の猫の額が六本木なので、厳密には俳優座の側は三河台町だった。その三河台町はもちろん龍土町も、材木町も、日ヶ窪も、鳥居坂も、赤坂霊南坂教会の下の谷町まで、エーッなんでここが、とたまげてる間に東西南北みな六本木へ。ついに天守閣の六本木ヒルズがそびえ立ち、麻布十番がお膝元の城下町になってしまった。

山の手はでこぼこしているから、台町、坂町、窪町、谷町と、おのずから町名が地形を示していた。それがいまや、のっぺらぼうに六本木。

そこで見えてくるのは、町名変更の「合理化」「福祉性」の趨勢は、より広域の情報化社会へ顔をむけている、ということ。対するに歴史的な旧町名は、徒歩、自転車ないしは大八車程度の流通に適っていた。町会の集いなどは下駄履きで間にあうのだ。

してみると町名の議決ということは、車で疾走するか、下駄履きでぶらぶら暮らすか、生き方の選択にまで、ならないともかぎらないのではありますまいか。

中央区銀座八丁目にリクルート本社ビルがあり、その玄関口のあたりを、戦前は京橋区銀座西八丁目三番地三号といった。幼時より十余年を私はここで育ったので、ものごころついたときから銀座は八丁でした。

じつは銀座八丁は、大正大震災後の区画整理による合理化なので、帝都復興祭がおこなわれた昭和五年三月から。それまでは旧町名が三十余りたてこんでいて、そのなごりは日吉ビル、滝山ビル、山下橋と、建造物の名などに残っていました。わが家のあたりは八丸町会。旧の八官町と丸屋町を併せたので、なんのことはない現在の上野と似たようなことを、当時の銀座もやっていたのでした。その銀座もちかごろは、六本木ほどではないが肥満症です。歌舞伎座まで銀座とはね。あそこらは木挽町といったもんだ。

なぁんて、結局、おのれの来し方のなかの「銀座八丁」がなつかしいのか。してみれば昭和四十年代の町名激変期に少年だった中年諸君も、そろそろその町々がなつかしいことでしょう。老若男女がいりまじる人間くさい生活と文化が、その町々にあったならば。

中身が大切ゆえ、容れ物の町名市名が問題になるのでしょう。セントレアなんて根なし草の植民地化を、どうして志願するのやら。

お相撲の呼び出しじゃあるまいし西東京市とは。この場合、責任の一端は東京にもありましょう。おもえば明治元年（一八六八）に江戸をいきなり東京と改名したことから、こんにちの事態は始まっている。

明治新政府は、まず大区小区制を布いたが数年にしてとりやめた。それはそうでしょ、花の吉原が、第五大区十二小区とはね。この極端な押しつけは、大江戸のいっさいを黒板拭きでサーッと消したかったのではないか。旧徳川幕府への憎悪とコンプレックスが、近代化への一種の文化革命を、ごり押しに推進する原動力にもなったとみえます。以来約百四十年、東京は一貫して新開地です。

京都市には町名変更はなかったとか。さすがは千年の都の、市民のみなさまの誇りと算盤高さ、つまり街への愛情でしょう。あの碁盤目の街とは、無限増殖的な東京は次元がちがうかもしれないが、人間が住む街に変わりがあるじゃなし。江戸開府からなら四百年、そろそろ東京を憎むばかりではなくて、愛情をもつ政治家や役人を、養成する方法はないものか。あぁそうか、有権者のわれわれ自身の問題か。

銀座八丁目の風

生まれた家の記憶はほとんどない。ここがそうだよ、と後日に父に言われて、格子戸の小さな二階家だった。下町にざらにあった家並みの一つです。

戸籍によるとそこは、東京市芝区南佐久間町弐丁目拾七番地となっていて、現在の番地では港区西新橋二丁目、日立愛宕ビルの裏あたりらしい。ここに三歳までいた。

ものごころついたときには、京橋区銀座西八丁目参番地参号にいた。銀座八丁の南端の土橋際。いまはリクルート本社ビルが、デンと一区画を占拠しているが、昭和戦前には、あの場所に裏表ざっと三十軒はひしめいていた。

まず土橋の袂から、ガソリンスタンド。煙草屋。印刷事務所。松竹理髪店。そして虎屋自動車商会という車四台持ちのハイヤー店があり、その家の次男坊が私でした。

リクルート本社ビル玄関先の列柱の間隔が、当時の一軒分ぐらいなので、ちょうど出入口あたり

1938年、虎屋自動車商会前にて小沢家の人々。左より3番目が著者。この写真の詳細については『私のつづりかた――銀座育ちのいま・むかし』(筑摩書房、2017年) 参照

が、わが家になります。その先は自転車屋。洋食店。なにかの事務所。民芸店たくみ。そば屋。洋服屋などが軒をつらねた。

背中あわせの裏通りは、中えびすという芸者置屋。金貸しの木田さんの立派な家。玄関脇に狸の置物がある大村旅館。夕方に盛り塩をする小料理屋が数軒。魚屋。小西経師《きょうじ》店。この旦那は評判のアマチュア写真家という噂だった。

その向かいは、角が日吉ビルという、地下室もある四階建てのビルディング。大きな料理屋、この脇に紙芝居屋が毎日きた。当時は軒なみに家族や奉公人が暮らしていて、子どもがうじゃうじゃいて、この裏通りが遊び場だった。鬼ごっこ、かくれんぼ、けん玉、縄飛び……

魚屋のカッ子ちゃんは、自転車を手放しで乗り回した。なにをやっても一番で、気っ風のいい姉御だったけれど、ものたりなかったかもしれない。ほかの女の子たちは、お披露目ごっこなどを好んだ。半玉が一本立ちの芸者になると、着飾って行列つくって、料理屋や置屋などを挨拶してまわる。その真似をするのだ。

この裏通りの先にも置屋がちらほらあって、人力車屋もあった。夕方ちかく、芸者さんが人力車にのって、表通りの松ノ湯へくる。あごから下へ胸にも背中にも、白粉を扇形に塗って、しずかに湯舟に浸かっている。その姿が、いまも目にうかぶ。小学三年生まで私は母に連れられ女湯にも入っていた。見慣れた景色だが、現に忘れないのは、子どもごころに印象的だったわけだ。湯屋へ白粉を落としにではなく、下塗りにきていたのだね。そうすれば肌に乗りがいいとか、なにか効能があったのだろう。

思い出してゆけば、きりもない。昭和十六年（一九四一）の夏、中学二年生のときにわが家は世田谷へ引っ越した。ガソリン統制の企業統合で会社になってしまい、盛り場にいる必要がなくなった。銀座にいたのは、だから十一年間にすぎないが。その少年の日々がとめどなく、けっこう微細に浮かんでくるのは、あそこがやはりふるさとだからだろう。


以後はや、幾変転の六十余年だ。戦災には、銀座八丁のうち六、七、八丁目あたりはぶじだった。やがて土橋の袂に、ショーボートというキャバレーができた。軒なみ変わって、民芸店たくみだけが比較的長持ちしていた。

デモ行進はなやかなりしころ、この土橋際が解散場所になった時期もあった。

そもそも土橋といっても堅牢な石橋で、袂が上り坂で、16番の市電がゴーとのぼって渡りきったところが終点だった。この道が西銀座通り、電通通り、いまは外堀通りと呼び名を変えるうちに、まず電車が消え、土橋の下の堀が消え、ショッピング街に化け、上が高速道路になった。

土橋の先で堀は鉤型に曲がり、国電に並行して、新幸橋、山下橋、数寄屋橋となる。その新幸橋あたりの地下に試写室ができて、一九七〇年代に映画評をたてつづけに書いていたころは、何度か通った。子どものころメタンガスがぶくぶく浮くのを見おろしたあたりで、つくっては消えてゆく泡のごとき映画を拝見した。まさに桑海《そうかい》の変といおうか、まぁ似たようなもんだといおうか。

銀座八丁をかこむ堀を埋めたのは大変化だが、高速道路の壁が区切りになって、その点は変わらないともいえる。三十間堀だけが、ただの平らに埋めたせいで、対岸の木挽町が銀座に呑みこまれてしまった。

銀座にかぎらず東京の下町はどうして堀を捨てたのか。のちにオランダへゆくとアムステルダムでも他の街でも、堀の水面が岸に近くて、道からすぐに船に移れる。だからゴミの収集などにも堀が日常に生きている。このように暮らすのだ、という彼らの知恵と意志を、痛感した。江戸の町はこうだったはずだ。錦絵にも、船宿や庭先から楽に舟に乗り降りしている。

昭和の銀座の堀は岸壁がそびえて、ボートに乗るのに、梯子段を十何段か降りなければならなかった。おりおりに浚渫船《しゅんせつせん》が、底の泥を浚っていた。

汐留に復元された新橋ステイションには、元の地べたを見おろす溝がある。つまり地面は明治このかた高くなっているのですね。逆に水面は低くなり、海運おとろえ、堀よさようなら。そういうことらしい。

あれやこれや様変わりの銀座八丁は、もはや見もしらぬ街のよう。かというと、じつはそれが、そうでもない。

土橋のあたりへゆくと、いまでもふっと気持ちがくつろぐ。この表通りが通学路で、当時は二階家とビルがいりまじる不揃いな家並みだった。それがリクルート本社をはじめ、整然たるビルの壁になっている。とはいえ道幅も町筋も、まったく変わらないので、勝手知ったる道をゆけば、泰明小学校は、そのままに健在なのでありますよ。

土橋の袂の上り勾配が、これまたそのまま。子どものときは身の丈よりも高い坂だったが。これをのぼって新橋方面へゆき、くだってわが家へ帰る。いまだって、歩けば足からうれしくなる。

土橋から東へ、難波橋、新橋となる。その難波橋から並木通りへ入って、渡辺版画店の脇の路地から路地を三つぬけると、銀座通りへポッとでた。ここにかぎらず銀座のあちこちに、路地さえもけっこうしぶとく残っている。

銀座八丁は、そもそも大正大震災から復興の区画整理によって生まれた。以来その骨格は、びくともしていないのだ。復興院総裁後藤新平をはじめ、東京の近代化に努めた先達たちに感謝したい。震災の前と後のほうが、だから変化は大きかったかもしれない。町名もいまの八丁目は八官町、丸屋町、日吉町、南金六町《みなみきんろくちょう》などといって、新橋芸者の本場、いわゆる狭斜の巷だった。ということを、はるか後年にものの本で読み、へェとたまげた。新橋芸者と混浴はしたが、そういう名所とは夢にもしらずに育った。むしろカフェー時代で、並木通りに短いスカートの女性たちが客引きをしていた。置屋とカフェーが、いりまじっている町だった。

では、こんにちはどうか。その方面にはとんと疎いが、七丁目、八丁目あたりにバーが集中しているようで、おおむね細いビルに看板がズラリと縦に積み重なっている。往年の横ならびが縦になったまでの、やはり狭斜の巷、なのかもしれない。伝統は、けっこうしぶといものですね。

さきごろ、本橋成一「写真と映画と」回顧四十年展が、七丁目と八丁目のリクルートビルでひらかれた。そのオープニングパーティが、本社ビル一階ホールでひらかれて、私ははじめて、往年のわが家の跡の空間へ入った。そのむかし虎屋の二階で私がさんざん寝小便した、その真下あたりとも知らないで、みなさん機嫌よく乾杯しておられた。なんともいえず妙な気分でありました。

筑豊炭坑、サーカス、チェルノブイリ、沖縄……。時代と人間に肉薄しつづける写真家の業績が、松竹理髪店や、中えびすあたりの空間に展開していた。そして、このパーティ会場で、川田龍平という渋い若者とも出会った。

ふるさとに新しい時代の風が吹く。

新橋いまむかし

新橋駅は、汽笛一声を記念の蒸気機関車が西口広場に鎮座する。テレビの取材にも再々ここが使われて、いまや代表格の広場ですが。そもそもは東口が正面で、立派な駅舎があった。西側は、道一本へだてていきなり家々が建てこんでいました。

この裏道のほうが賑わってはいた。烏森や日陰町の商店街への道筋だし、虎ノ門も霞が関も西側だもの。「処女林」というキャバレーさえあった。白い商船風の外装で、船員姿のボーイやドレスの女性が客を呼んでいた。烏森神社の縁日への行き帰りのたびに、大人になったらここへ入るぞと、小学生の私は心に決めておりました。

キャバレーの裏側の家並みには、烏森芸者の置屋さんもまざっていたでしょう。路地が縦横に通じていた。当時わが家は銀座のはずれにあり、新橋駅から徒歩数分でした。

やがて戦争。空襲。敗戦。もう殺されずにすむ大安堵と、腹ペコで生きねばならぬ焼跡闇市時代へ。

昭和二十年（一九四五）三月十日の大空襲で下町は一面の焼野原へ。死者が一夜で九万人。四月にも山の手へ襲来し。五月二十四日が東京最後の大空襲で都心から郊外まで、銀座も新橋もこの日にやられた。わが家は世田谷代田に越していたが、そこにも火の粉は舞ってきました。

焼け残った町場もけっこうあり、有楽町の劇場街がそっくり無事で、敗戦を迎えて芸術復活。歳末に有楽座で『桜の園』の新劇合同公演が催された。斧の音のみひびく終幕の場面が、いまなお眼底にあります。新劇なるものの魅力にしびれた始まりでした。

話をもどします。じつは空襲以前に、対策としてあらかじめ木造家屋をぶちこわす建物疎開があり、重要施設の鉄道沿いも対象でした。新橋駅の場合は西側の線路端が、つまり「処女林」の並びはぶちこわされたのではないか。その甲斐もなく罹災して、駅裏に忽然と広い焼跡があらわれたのでした。

敗戦後、その空地にまず登場したのが風呂敷一枚ゴザ一枚の物売りで。地べたへ思い思いに店をひろげれば、なにもかも不足な世だもの、どっと人だかり。身の皮剝いで売る者もいれば、新品の鍋を積んだのは鉄兜を作っていた工場の製品なんだとか。虚実いりまじり統制なんざそこのけの、青空のもとの闇市が、諸処に賑わったのでした。

ほどなく地べた売りは追い払われ、バラックが立ちならぶ。プロのテキ屋諸氏の登場です。ほぼ駅ごとの焼跡にできて以後、十年二十年と続いた。いまも新宿駅西口の北側にほんの一部、往時の面影の飲屋街がありますな。

とりわけ池袋駅の西口が広大で、バラック・マーケット街を斜めに貫通する通りには古本屋が三軒もあった。いわゆる青線の不法売春を兼ねる飲屋通りもありました。

新宿駅の東側も西側もひしめくバラック街だった。と申しあげてもご存じなければ信じ難いかも。都会は折々に脱皮する、とくに東京は。またその時節がきて、退場となればさすがにバラック、おおかた一気に消えました。

新橋駅西側のマーケット街は、どうやら団結して消えることにした。そして広場にそびえたったのが、ニュー新橋ビル。昭和四十六年二月の落成で、十一階建てのうち一階から四階までにマーケット組が入居した。そのお店たちが、昭和風にレトロっぽいと現に評判なのは、当然の由来です。いまやビル自体が老化らしいけれど。

現在の西口広場は、往年の闇市広場の半分足らずなのですね。

焼跡は平坦なものだが、盛り場の焼跡は、大小の焼けビルでデコボコしていた。そのビル自体も、わりあいデコボコしていました。壁に彫刻などの飾りがあるのや。地下室へゆく外階段付きや。半地下室へ明かり取りの隙間があるのや、そのぶん高床の一階へは三、四段の石段を登る。

明治このかた日本の近代化は、西欧とりわけイギリスがお手本で、丸の内の赤煉瓦街を一丁ロンドンと呼んだのが一例証です。あの煉瓦街も惜しくも消えたが。先年、ロンドンの街々を歩きまわった折に、ふと往年の東京をかすめる懐かしさをおぼえました。ビル壁や、時計塔や、軒看板や、郵便ポストや、町場のデコボコは、さまざまな記憶、つまり歴史の引っ掛け処ではないでしょうか。

ちかごろのガラスとコンクリートでつるつるに数十階とそびえたつビルたちは、アメリカン方式か。そんなに地べたを離れたがって、どこへ舞いあがる気でしょうかねぇ。

Ⅳ

『アメリカ様』今昔

『アメリカ様』は、昭和二十一年（一九四六）五月に刊行された。前年八月十五日の敗戦から、わずか九ヵ月後です。蔵六文庫より五千部発行と奥付にあるが、当時は一部具眼の士の目に留まったぐらいではなかろうか。

世は焼跡闇市時代。物資欠乏ながら書店に続々ならぶ新刊にも古本にも目を奪われて、当時弱冠十八歳の私は、八十翁が綴った『アメリカ様』を知らず仕舞いでした。

めぐり会ったのは、はるか後年。いったん世に忘れられた宮武外骨が、再発見されて天下瞠目、著作集が続々刊行されてから。一読感嘆。まるで敗戦時の空気を詰めた缶詰を、コキコキ開ける気分でした。

冒頭に曰く。「日本軍閥の全滅、官僚の没落、財閥の屏息、ヤガテ民主的平和政府となる前提、誠に我々国民一同の大々的幸福、これ全く敗戦の結果」痛快な新時代の到来だが。幕末、黒船到来の折に、泰平慣れの武士たちがあわてて甲冑刀剣類を買いこむので、大儲けの「武具馬具屋アメリカ様とそッと云ひ」。この川柳の口吻を借りて表題とするまでだ。

敗戦がいかにわれらの大幸福であるかを語りまくるのが主題だが。同時に、むしろいまいましげに呟くのが動機なのだ。

このチグハグ。これぞ本書の大特徴です。

こんな具合に。「我国開闢以来、初めて言論の自由、何と云ふ仕合せ」すべてアメリカ様のお蔭だが「成るように成つたのだから、あきらめるの外なし、今更グチを並べても追付かず、理屈を云つても何の効なし」。

なんとも奇妙な口吻だが。それはそうですよ。外骨翁こそ言論の自由のために生涯かけて闘いぬいた。ために入獄四回、罰金・発禁二十九回の猛者ながら。その自由が、他力で不意に来た。日本人民が自力で獲得したのではない不如意。わかるなぁ、なんの闘争歴もないわれらにも。

当時は進駐軍と言った。どっと到来したアメリカ占領軍将兵たちの、日々に見かける言動が、なんとフランクなのだろう。テキパキと明るくて、あぁ、これが人間の軍隊なんだ。おもえば恐怖的圧制で一億玉砕へ駆り立てた日本軍は、昆虫の軍隊のごときだったか。

さらには続々上映のアメリカ映画フランス映画に目を見張る。戦前の古い松竹映画なんかもやたらおもしろく。つまり、不意にきた平和の事態が、カルチュアショックなのでした。

これぞアメリカ様のおかげの大幸福だが、そのアメリカ様の爆弾でこの焦土。あわや玉砕するところだった。このチグハグ。外骨翁に共鳴できるゆえんでした。

『アメリカ様』は、おおむね見開き二頁に収まる短文六十本の羅列です。闇市所見や、流行語の羅列や、風俗寸評もナマナマしくておもしろいが、貫くのはやはり闘争の足跡録です。

明治二十二年(一八八九)二月十一日に大日本帝国憲法が発布されるや、外骨はそのパロディ「頓智研法」を発表する。天皇になぞらえた骸骨の戯画により、懲役三年罰金百円。ときに弱冠二十三歳。ために宮武外骨といえば不敬罪の元祖、という印象ですが。

いやなに、言論弾圧の先例は続々とあるぞと外骨は語る。明治八年の讒謗律《ざんぼうりつ》このかた新聞記事で重刑に処したのが数百件、演説で数十件。同十四年の不敬罪の成立このかたは、「国を盗む者は王」と老子の言を引いて神武天皇は日向の一豪族だったと演説した新聞社長が、懲役三年罰金五百円。その手の重刑が数々あった。

そうか。明治前期は自由民権、言論も活発だったのだ。それらをかたはしから弾圧しまくって、いわば仕上げの帝国憲法なのだ。その第三条「天皇ハ神聖ニシテ侵スヘカラス」。

これをいきなり、若き外骨はからかったのだ。という道筋が本書で明瞭に見えてくる。以来、天皇は神様となり、国民を従順に従わせる一億一心の要として五十余年。

がらり敗戦の、昭和二十一年元旦に、天皇は人間宣言をする。全国行脚をはじめた天皇を、人々は一斉に歓迎した。神様扱いから天皇と国民が、ともに解放された日々でした。アメリカ様のおかげで、憲法改正が緊急課題となる。とうぜん天皇制廃止の論も巻きおこる。このとき外骨翁は「悲痛の感」を抱いた。大衆の多数意見ならば従うが、廃止しても「政治圏外に於て皇室を永久に存続する別途を講じて貰いたいのである」。

この率直。本心をそのままに、チグハグだろうが吐露してやまぬ。これが宮武外骨なのですねぇ。彼が生涯かけて闘ったのは、軍閥・官憲・財閥ども。神に仕立てた天皇を民衆支配の道具としてきた権力層なのだ。とうぜんその帝国憲法を、なるべく温存したい権力層の動きもある。外骨は語る。

「昨今憲法改正案に、出来るだけ現状を維持しようとするものは、民衆の中を歩かれる皇室を「宮城」の中に押しこめようとするの危険を思はねばならない」

『アメリカ様』刊行の年の昭和二十一年十一月に「日本国憲法」は公布され、その第一章第一条に「天皇は、日本国の象徴であり」。

以来星霜七十一年。現首相は、憲法改定を呼号していて、その自民党草案の第一章第一条は「天皇は、日本国の元首であり」。

つまり、元首たるものは、そこらを歩き回って下々の連中と膝を交えるなんて論外だぞ、おとなしく皇居に籠って民衆操作の道具になっていなさい、というココロだろう。

出来るだけ帝国日本の旧状へもどりたい気らしい権力層へ、外骨の右の言葉は、こんにちただいまズバリと刺さります。

そのころと、唯今と　運動族の命運

新宿区役所前の通りを、北へゆくと坂道になって、登りきって右へ折れた横丁に、新日本文学会館はあった。

坂道のあたりは焼跡がひろがっていた。ゴールデン街はまだなくて青線地帯でした。いまは四季の路とかいう遊歩道を、そのころは都電がチンチン走っていた。

そのころとは昭和二十八年（一九五三）の春で、半世紀をこえた大むかしだが。いやなに、ふりかえればついこの間のようなものです。

そのころ、私は日大芸術学部の学生で、学部発行の「江古田文学」編集部あてに、ある日ハガキが届いた。「花田清輝氏が、時評であなたの作品に触れている。われらの世代の仕事に先輩が注目してくれるのはよろこばしい。ついては一度あそびにきたまえ」という文意で、差出人が新日本文学編集部武井昭夫《てるお》。

この一枚のハガキにオルグられて、以来あの坂道を、どれほど往復したことだろう。おかげでその後の私があって、六十一年後のいま、この小文を書いております。

白皙の武井青年は、事務局のお仲間を紹介してくれた。声も明るい檜山久雄。落ち着きはらった湯地《ゆち》朝雄。皮肉っぽい笠啓一。ほぼ同年配ながら、未熟な私にはみなさんが先輩におもえた。

とりわけその後に原稿を書く折々に、笠さんのお世話になりました。一例を申せば連載『小説昭和十一年』（三省堂、一九六九年刊）の途中で行き詰まり、もうダメと弱音をあげたら、笠さんがふらりと現れ、漱石の『吾輩は猫である』はおもしろいなぁ、などと雑談をしてくれて、そのうちに奮起して書き継ぐ気が起きたのでした。

年上のお兄さん格に、大西巨人、菊池章一のお二人がおられた。大西さんは宿直室にご夫婦でお住まいだった。畳敷きのその四畳半で、折々にわれら若手が車座になって合評会などをした。いたって簡素な部屋でした。

浴衣姿でいても大西さんは、凛とした気配があった。長身の菊池さんのほうが、長い手足を持てあましている風情で気安かった。

会館は、屋根が三角定規を逆さに当てた形に七三に凹んだ、一風変わった建物でした。

会館へ入るときは、ちょっと緊張した。未熟者が手ごわい道場へ踏みこむような。みわたして菊池さんの顔があるとホッとしました。

新日本文学会は全国組織の大衆団体で、各地に支部があり、東京にも東京支部があった。

武井氏に呼びこまれた年の秋に入会し、すぐに支部の委員に加えられた。支部長が椎名麟三、事務長が湯地朝雄。当時の誌面をみると、花田清輝編集長のもとにサークル誌・同人誌に呼びかけた特集を再三している。支部もその線の活動をした。私自身が「江古田文学」からオルグられたサンプルの委員でしたろう。

湯地さんに伴われて有力同人誌のリーダーを訪問した。固有名詞は脳裡からあらかた蒸発していて申し訳ないが、たしか『付和随行』という作品で注目された方でした。こぢんまりした応接間で、湯地さんが諄々と、その方が淡々と語りあうのを、傍らで眺めていた。そんな状景が思いうかぶ。その方も、やがて入会されたのではなかったろうか。

とつぜん歳月が過ぎて、はるか後年のことになります。思想運動の創立五周年か十周年だったか、にぎやかな立食パーティの席で、名指されて私も短いスピーチをしました。たぶん出会いのころを語って「あのころは武井さんの髪もふさふさしていて」と言ったら、ワッと皆さんが笑った。やや薄くなってきたご当人も苦笑いしておられた。

そのあと隅でコーヒーを飲んでいたら、湯地さんが前に座って「きょうは武井のために、いい話をしてくれて、ありがとう」と、笑顔で申された。はて、取り分けたことを話したのでもなく、受けたのは髪の毛のくだりだが、まさか。いや、多少はそこも含めてかな。

湯地さんのその一言を忘れないのは、あぁ多年の同志愛なんだこれが、と、ぐっときたのでした。以上、とりとめもない回想です。

さて。こんにち唯今の話です。九州福岡の市立総合図書館と文学館の二つの会場にまたがって、〔二〇一四年〕十一月六日から十二月十四日まで展覧会が催された。題して「運動族　花田清輝」その百二十頁もの記念目録（福岡市文学館刊）が届いて、再三ぱらぱらと開いては、目をみはります。花田清輝は、二十四歳で上京以来、郷里へはもどらなかった。父の友人の中野正剛、その弟の中野秀人や、中学同窓の進藤一馬や、地縁によって芸術運動を開始したと、図録にも明記してあるが、故里へのノスタルジーなどはふり捨てた人のはずだ。

郷党の誇りの文学者を顕彰する展覧や記念館は諸処にあって、それなりに有意義ではありましょう。だが、そのたぐいだったらチト滑稽だぞと思ったが、どうやら杞憂です。

目録をめくると、原稿やハガキや、花田家の写真の類に次いで、戦時中の文化再出発の会から発行の書籍・雑誌がならび、戦後の真善美社刊行の書籍が五十余点ずらずらとならぶ。よくぞ集めたもので、それらは、この人の歩みが戦中戦後を貫いて一筋であったことを、具体的に示している。著書については、その装幀をした岡本太郎、粟津潔、桂ゆきたちの活動にも、目配りをしている。中野秀人についても、もちろん。

花田清輝の足跡をまともにたどれば、こういう展示になるはずだな。個々に自立した者同士の、ジャンルを越えた協働。綜合文化協会。夜の会。記録芸術の会。つくっては潰し、つくっては潰しては、美術、演劇、映画、音楽、建築、等々のジャンルの垣根を跨いだ。

いや、垣根をとり払うつもりだったのでしょう。そこに安閑と立て籠もる気ではないから、ほどなく解散をくりかえした。

そうして幾星霜。

こんにち、ジャンルを跨いだ諸活動は、各方面で盛んといえよう。記録が芸術であることも、いうまでもなかろう。かつては、そうでもなかったのですよ。小説家や詩人が文学者様で、世相雑録などは格下の、卑しいものにさえみられていた。漫画などもご同様だな。

時流は怒濤のごとく、なるようになってきたのではありましょうが。じつは、さきがけて辺境を往く者たちがいて、その切り拓いた跡が、やがて万人の路ともなる。つまりはそれが運動ではないか。路がひらけてしまえば、さきがけたちは忘れられても、それも運動族の名誉ではないか。

花田清輝歿して四十年。おおかた世間はご存じなくても、依然としてこの人は辺境を歩んでいる。「運動族とパーティ族」とか、示唆に富み、われらの指針ともなった折々の提言に、こういうのがありましたな。「前近代を否定的媒介に、近代を超える」

示唆的ながらこれまためんくらった。なにしろ近代的自我の確立こそは戦後文学の大命題でしたから。そのさなかに近代の超克なんて、戦中の右翼迎合の寝言の蒸し返しかいと、無理解にかたづける向きもあったりして過ぎた幾歳月の、昨今の世界をみわたせば。

植民地を搾取しまくって多年栄えた西欧近代の行き詰まりは、もはや歴然のわれらの課題ではありませんか。ましてやグローバルに無国籍に搾取しまくるあげくの破滅にしか、行く手はないのか。

この記念目録は、「あとがき」をこう語りだす。「なぜいま、花田清輝なのか。いまこそ、花田清輝である」

じっさい右の提言も、いまやすんなり腑に落ちるものね。ようやくわれらは花田清輝の背中に追いついたのか、いっそいまが読みごろなのか。

いやいや。『復興期の精神』このかた、いつだって読みごろでした。感奮した若者たちはそこらじゅうにいた。そうして歿後四十年のいまもまた、花田清輝なのですなぁ。どうしてこうなのか。運動族だから。

花田清輝の背中は、なおわれらの前方の辺境にあるだろう。「共同制作」という、一見平凡なお題目が、宙ぶらりんでいる。

生前、この人は、いますぐ取りかかれることのごとくにわれらを嗾《けしか》けました。夜の会このかた終始一貫の使嗾《しそう》で、ところがお仲間たちはおおかた泰然自若に冷淡でしたなぁ。寄ってたかって雪だるまをつくる勧めではなかった。近代的自我を確立しながら、おのがじしにその自己を否定しつつ近代を超えてゆく。つまりは「前近代を否定的媒介に、近代を超える」ことの、実践課目が「共同制作」らしいのでした。はてなぁ。やっぱりお手上げのようだけれども。いやなに、はからずもそれに似たような試みは、現に諸方に見受けるのではなかろうか。

目録『運動族 花田清輝』には、九人ほどの方々の寄稿や談話もあり、それらと呼応しつつ、主文は企画編集を担当の二人〔田代ゆき、田中芳秀〕が、分担を示しての共同執筆です。こういう目録造りそのものが、画期的ではなかろうか。

このお二人が、三十代の若手とうけたまわり、瞠目です。花田清輝を、右顧左眄《うこさべん》せずにまっしぐらに読みこんでゆく気概が、功を奏している。文体はかなり生硬ながら、それも若さの美しさでしょう。

こういう後継ぎがあらわれてくだされば、もって瞑すべし。それにしても、どうしてこういう若手が突如出現したものか。

思想運動のグループか、ないしは交流があるらしく、さては武井昭夫の薫陶の余波ぐらいはおよんでいようか。有縁無縁の後進たちを生みだすことが、どれほどできたか、できなかったか。運動族の命運でありましょう。

武井さん、ありがとう。

汚い原稿の美しさ

浅いご縁の者です。お初にお目にかかったのは六十年もむかし、新日本文学会に入会して、西大久保の木造の会館へおりおりに出入りしていたころ、宿直室の四畳半に大西巨人さんご夫妻が居住しておられました。

事務局につどい、あれこれ実務を担うのは当時二十代の若者たちで、三十代の大西さんや菊池章一さんあたりが協働親愛のお兄さん。ときおり現れる明治生まれの大先輩たちの、なかにはなにやら偉そうに構える方もいて、プロレタリア文壇の「神々」と仇名をわれらは献じました。

宿直室で、ときおり勉強会を催した。若手が十人やそこら車座にあぐらをかいて、六畳間ほどにも思えたが。つまりそれほど簡素清楚、いったい世帯道具があったのかしらん。そんなご夫妻の暮らしぶりでした。

読書会のほか、相互の作品合評もした。あるとき「川端康成覚書」という拙文が俎上に載った。

中身を一行に要約すれば、現実へ肉薄の「浅草紅団」が最高で「雪国」以降は衰弱だ。かなり突飛な論かもしれないが、案外に好評でした。発言を求められて申しあげた。褒められてありがたいが、自己批判のつもりで書いたので、忸怩です。

すると大西さんが、語勢強めて「だから、いいのです！」一声ピシリと肩を打たれて、そうなのか！　愚鈍なりにあのときなにかが身に沁みた。宿直室のその場のさまを、八十六歳のこんにちまで忘れない。大西さんからいただいたご恩であります。

それから幾星霜。新日本文学会の研究会から記録芸術の会が発足し、一九六〇年（昭和三十五）に月刊機関誌「現代芸術」を、勁草書房から刊行する。その創刊十月号より大西さんの連載小説『天路歴程』が始まりました。

大西巨人といえば猛烈な遅筆家が定説ですが、あながちそうともかぎらない。かの『神聖喜劇』は「新日本文学」の一九六〇年十月号より連載開始。読み応えのある独自な文体を8ポ活字でぎっちり組んで十九頁、ほぼ同量の連載が数ヵ月はつづいた。以後は一桁の頁数にペースを落とし、ときに二桁へもどし、ときには休載、わずか二―三頁の号もまじえながら、延々十年はつづいて、まだ終わらないのでした。

『天路歴程』もスタートは同年同月です。かたや戦中の軍隊体験。かたや戦後の共産党活動。半生の二大テーマに、あえて同時に取り組む。好機をとらえて大西さんの熟慮断行にちがいない。そう思います。第一回分がやはり8ポ十六頁、このときこの人は、むしろ猛烈な健筆家ではありませんか。

察するに『神聖喜劇』は、かなりに書き溜めてあったのではあるまいか。すくなくも脳裡の抽出しに草稿状態のものがたっぷり蓄えてあればこその順調な連載スタートで、われらは目を見張り、識者たちも注目した。

かたや『天路歴程』は、やはり脳裡の別の抽出しに蓄えてあったにはちがいないが、原稿そのものは書き下ろしでした。と断言できるのは、大宮のお宅へいただきにあがった編集員が、なにを隠そう私であります。

当時、記録芸術の会の若手でなんとなくヒマそうにしているのが約二名いて、私と内田栄一さんが俄か編集員に動員された。まず私が専従で、お茶の水の勁草書房に詰め、あいにく蒲柳の質、じきに過労でダウンして内田さんと交代したのですが。とにかく創刊時はおもしろかった。ファクシミリもメールもありはしなくて、原稿は執筆者のお宅か事務所か、指定の喫茶店などへいただきにあがるのが常識でした。美術・演劇・音楽等々の各界で活躍の人々を訪ねてまわるのだから、日々これ耳学問目学問、東京中から大宮あたりも走りまわった。しかし。

デスクワークは勁草書房の若手社員が一名加担するとはいえ、座談会の原稿作りなどに徹夜となる。手に余る。二号からは一計を案じた。各界網羅の記録芸術の会ながら、中核は新日本文学会員ではないか。そこでその同志諸氏へは電話をかけた。神田方面へお出かけの節はついでに原稿をお届けください。

声に応じて、お茶の水へご持参くださったのが、花田清輝、中薗英助、小林勝……。おもえば身が縮むが、当時はけっこうけろっとしていた。未熟者の横着でした。もちろん取りにこいという方もいて東奔西走もしました。

大西巨人さんからは電話があった。「神田駅のホームへきてくれたまえ」さっそくあの高架の見晴らしのいいホームのベンチで待ち合わせて、連載第二回の原稿をいただいた。大西さん曰く。

「汚く書け書けと君がいうから、今度は汚いままに持ってきたよ」

アハハそれはよかった、だって大西さんの原稿ときたら直しの文字は、いちいち別紙に書いて、切り抜いて、貼りつけているじゃないですか。そんな手工をしているヒマに一行でも余計に書き進んでくださいよ。苦笑して、大西さんは下りの電車に乗る。大宮駅の改札を入場券で入って出る作戦なのでした。

持ち帰って勁草書房の編集室で子細にみると、直しの箇所は線で消し、そこから原稿用紙の行間を上か下かに直線をひいて、訂正の文字が楷書で記してある。ときに直線が直角に曲がって横の広い欄外へゆく。さほど直しの箇所は多くはないが。作者がこの原稿をいくたびも睨みすえ、眼光紙背に徹するさまがうかがえて、第一回の手工原稿もさりながら、こちらがまた一段と美しいのでありました。

あの原稿は、どこへ行っちゃったことだろうなぁ。

『遠い城』を眺めて

『遠い城』（創樹社、一九七七年、西田書店、二〇〇六年刊）は、希有の読物ではないか。還暦すぎた菅原克己が、だれに頼まれるでなく、こつこつ書き綴った。戦前の弾圧で壊滅の共産党が、あんがいに生き延びていてガリ版の新聞をだしてもいた。戦後はその党が、権力組織として権威的に立ちはだかる。その推移をあくまで「ぼく」の来し方として綴って、状景が眼にみえるよう。その筆力に舌を巻き、思いはつのるが、いまはメモを二、三記すにとどめます。

日本文学学校の仕事でお初に出会ったときに、菅原さんは胃潰瘍で胃を三分の二もとられた後の、やせて小柄なおじさんでした。詩も文章も、ついそのイメージで読んでしまう。大踏切もデカい墓石も、小さくして詩にする人だもの。

しかし。戦前の警察に逮捕されて、椅子ごとぶっ飛ばされた。その人が、あんな小柄な痩せっぽちなら、その場でくたばってしまうのでは？

「げんげ通信12号」に、「菅原克己・光子結婚記念」の写真が載り、これは刮目の資料です。まんなかの花婿は、けっこうがっしりした体格だ。なるほど、この大きな顔の若者が、なみの人なら怯えそうな赤旗のガリ版を、わりと平然と刷っていたのだな。

作者その人と知り合うのは、その作品の享受に資する。当然のことだが、ときに逆の場合もあるだろう。右はその一例です。そもそも夏目漱石も、小林一茶も、ナマの当人をだれ知らずとも作品そのものに出会いがある。

高田渡、「ブラザー軒」を歌いあげて、克己ファンを劇的にふやしてくれた人。佐久間順平、その相棒で後継者。アーサー・ビナード、菅原克己の詩の英訳者。松山巖、詩集『陽気な引っ越し』（西田書店、二〇〇五年刊）の編者。山川直人、保光敏将、菅原克己の詩を漫画にする人。池内紀、等々。この人たちはみな、生前の菅原克己を知らない。

文学学校菅原組の諸君から陰口が聞こえてきたっけ。あの連中は菅原さんを知らないんだぜ。若い諸君を可愛がりすぎた克己・光子ご夫妻の責任もあろうか。それも人生の一齣にせよ、文学の享受に身内と余所者の差別があってたまるか。

「菅原克己・光子結婚記念」写真は、当の二人を、十二人の男女が囲んでいて。時は昭和十三年（一九三八）、所は新宿のモナミ、人々は詩誌「詩行動」の同人たちらしい。この詩誌は三年前に創刊し、数号だしてじきに潰されるが。十二人のうち男の四人は、秋山清、清水清、長谷川七郎、山崎外郷。アナーキストたちです。

菅原克己は、自分はアナーキストでないと言いつつ、彼らと親しかったことをくりかえし書いています。とりわけ秋山清とは。

共産党員で除名もされて、いわばコミュニストなんだろうが。マルキストでもキャピタリストでもない、つまり「スト」なんかでない「ヒト」だったのだ、菅原さんは。

自主自立の人、自他に公平で、心優しく、楽しいことが好きで、そして厳しい。『遠い城』をつらぬく視座は、そのようなアナーキズムであった。と私は思っております。

津野海太郎と新日本文学会

この人の履歴には、一九六二年新日本文学会の編集部員に、とある。敗戦後に創立した文学団体が、部員を公募した稀な年で、殺到した若者たちから選ばれたのは、のちに河出書房の幹部となった福島紀幸でした。もう一人惜しいのがいて、それが津野海太郎。補欠で拾われた。いざ働きだすと、この補欠が成りも態度もデカくて、しかも折々失踪する。その後、私も事務局担当になって、印刷所長から聞いて知ったが、出張校正の場からさえ消えて、福島氏がぷりぷり怒りながら取り組んでいたと。

なんたることか。そのころの事務局長の武井昭夫に確かめると、「あれはあれでね、いろんな情報を拾ってくる。役立ったですよ」

そうか、手ぶらではもどらなかったんだ。津野氏は当時、アングラ演劇に係わっていて、やがては劇団黒テントを立ち上げる。ぜひにも駆けつける事態が再々あったにはちがいない。それにしても、そのたび武井氏たちを得心させるネタを手土産とは。後年、ご本人に訊ねると「いやぁ、苦労したですよ」大きく苦笑いして、この件はお終いです。

普通なら、芝居道楽に打ちこむには片方で実入りのいい仕事を、ともなりそうだが。新日本文学会の給与は世間並みの半分もなかった。新しい日本の文学を切り拓き打ち建てる、という気概が取柄の万年赤字の団体でした。

津野氏は、芸術を開拓する現場に身を置くべく欲深かったのだな。そうして三年後に、創業五年目のうら若き晶文社へ招かれる。招いた小野二郎は、晶文社創立メンバーで、新日本文学会の幹部でもある。つまり、これぞとにらんで引っこ抜いた。

以後はスクラム組んでの活動となるが。小野氏は幾多の構想を抱きながら五十二歳で急逝した。その後に津野氏が晶文社の柱石となった時期もあるのは、当然のなりゆきでしょう。

その晶文社が、去年〔二〇二〇年〕に創業六十周年のお祝いでした。いっぽう、新日本文学会は初心の気概を失い果て、創立六十年目に解散した。十余年も前のことです。

あれやこれや、もはやはるかのむかし語りながら。

季刊誌「本とコンピュータ」の編集長に津野氏がなったのは、ざっと二十年前で、『電子本をバカにするなかれ』（国書刊行会、二〇一〇年刊）の刊行は十年前。芸術表現を開拓の現場に、あいかわらずいちはやく身を置いてこられたのですなぁ。

回想・神田貞三と私

「全逓《ぜんてい》新聞」の川柳欄の選者になったのが一九七九年〈昭和五十四〉九月で、以来こんにちもJP労組〈日本郵政グループ労働組合〉の「JP新聞」川柳欄の選者を私はしております。足掛け三十八年。このそもそもが、神田貞三氏の決断による。おもえば、どこでどうして出会ったのだろう。傑作『ゾーッとする話』が「新日本文学」に載ったのが一九五七年十二月号で、「小特集・労働組合文芸コンクール入選作」として、国鉄、炭鉱労組、全逓からの三篇が巻頭にならんだ。『ゾーッとする話』は「全逓信労働組合第三回文芸コンクール入選作」であった。当時は、労働組合が競ってこういう活動をしていたのですなぁ。それらに目配りをして、労働者作家たちの出現と発展に努めた新日本文学会でありました。

作者の神田貞三は新宿郵便局の保険課に勤める若者だそうだ、という噂は耳にした。それきりでした。当時は私も若手の一会員だ。

会務に引き込まれたのは一九六〇年代の後半で、七〇年代にはいきなり痩せ肩に担がされたときもあった。安保闘争や全共闘や高揚する時勢のなかで、文学運動体としての衰退と発展が共存する。そのさなかに「はじまりの会」を始めた。せっかく各労組に労働者作家たちが育っているのに、彼らが交流する場として新日本文学会がお役に立つならば。とにかく始めればなにかが始まるだろう。という次第で、この命名が、たしか全逓の神田貞三か清水克二あたり。動労〔国鉄動力車労働組合〕の藤森司郎、篠原貞治たち猛者の面々、全電通〔全国電気通信労働組合〕の小谷章たちスマートな面々などなどが折々に寄りあう侃々諤々《かんかんがくがく》の場となりました。

どうやら、いつのまにかざっくばらんな仲になっていた。そのころ神田氏は全逓中央本部書記局の「全逓新聞」編集担当で、神田川沿いの全逓会館が職場でした。

あの日も、はじまりの会の流れだったか。神田氏と清水氏が額を寄せて深刻な気配だ。聞けば、川柳欄の選者が急逝されたという。

石原青龍刀。この方は戦前からの革新川柳の一人で、戦後に満州から引き揚げてきて活動再開。「全逓新聞」ほか諸処の選者をされていたが、一九七九年九月五日に亡くなり、享年八十一。その直後のことです。

そこで私は明るく言った。そんなに気を揉んでいるより、いっそ君たちでやればいいじゃないか、川柳でしょ。

放言めくが、これには時期がある。鶴彬《あきら》。いまや知らぬものなき大先達が、ほぼ世に忘れられていた。その埋もれた文業を、探し当てててはガリに切り個人誌として配布する方がおられて、やがて一挙にまとめて大冊『鶴彬全集』が、たいまつ社から刊行された。一叩人《いっこうじん》・命尾《めいお》小太郎氏の積年の成果でした。それが一九七七年九月のことで、以来、川柳が、新鮮な言語表現として改めてわれらの前に立ち現れた。そういう時期です。

するとと神田氏が言う。それならおまえさんがやってくれるかい。いいよ。やはり明るく私は答えた。ほどなく投句ハガキの束が届いて、その選評は同年九月の文芸欄に載り、ぶじにリレーできたのでした。

おそらくあのとき神田氏は、咄嗟のピンチヒッターに私を起用した。欠号をつくらず、いずれ対策を練るつもりで。そんな采配が振れる監督の度量の人だった。それが、そのまんまレギュラーに居座って三十八年です。

あのころは投句ハガキの束がどっときた。毎月二十句ほどを選び出した。その切抜きを見直すと、第一回目から、千葉国男、場本寿男のお名前がある。つづいて加差野静浪、佐瀬和好と、いまもご投句いただく方々が現れる。先年亡くなった秩父弘治も。おおかたお名前だけが昵懇の方々だけれども、千葉氏や場本氏や秩父氏とは、その後にじかのお付き合いとなりました。

全逓川柳の会の方々と諸処に出かけましたなぁ。鎌倉。伊香保。高山。盛岡から一関。おかげさまで得難い見聞と交友を広めました。

神田氏とは、高知へご同行した。全逓の文化活動の講演会に。委細はもはや忘失ですが。

文学運動というとりとめもないようなことにじたばた過ごすうちに、二十世紀も終わりかける。気づけば労働者文学の諸氏がほぼいっせいに定年退職となるではないか。

退職したら、かねて望みのことどもに本腰据えて取り組むぞ。そんな雑談を傍で聞いて、さもあろうなぁ。でもそれは弱年より日々を誠実に働いてきた人々の感慨だ。怠け者のキャリアから申せば、と脇から口をはさんだ。

あのねぇ一日なんかアッというまに過ぎちゃうよ。朝飯食ってぼやぼやしてると、もう夜中だよ。みなさんお暇になるなら、いっそ句会をやろうよ。

こうして「はちの会」が二〇〇〇年十月に発足した。この命名がまた神田貞三氏で、句（九）にもとどかぬ八程度、という謙遜が表向き。じつは侃々諤々のハチの巣をつつく騒ぎが隔月に継続した。

そのうち、お一人、またお一人と、俗世から退場されてゆく。あとやさき。順ぐりにみんなが消えてしまうまでは、という心意気で続いています。いまは投句も選句も郵便やファクシミリで世話人の篠原貞治氏に届ける。氏の尽力のおかげで、いわば全員在宅の文音句会。寄り合うのはもはや年に一度です。

この〔二〇一六年〕五月、ひさしぶりに小石川後楽園の貸席での第九十四回が、神田貞三追悼句会となりました。私の投句は「蝙蝠ひらり喪章のごとく神田川」蝙蝠がその日の兼題でした。

痩せぎすで、アイディアマンで、沈着でいながら挙措に皮肉な気配がある。つまり地味で粋な人だった。晩年は夫人に先立たれて気難しくもあったようだけれど。新潟生まれの人にどこか共通の、やはり律儀な働き者気質だったのだ、と思います。

たぶんあちらでも斜に構えているよ。ほどなく総勢が移る道理だから、そちらの「はちの会」をご用意ねがいたい。

はちの会合同句集『破竹集』を刊行したのは、二〇〇七年五月でした。すでに四十回は重ねた句稿から、会員十四名がそれぞれ四十句ほどを自選。うち故人お二人の分は編集委員が選んだ。この句集の名付け親が、またも神田貞三、号して三亭。

この『破竹集』より、神田三亭の句のいくつかをご披露して、結びとします。

戦後尽き戦前回帰去年今年
行き止まり引き返しつつ春惜しむ
地を這うがごとき暮らしや蚯蚓《みみず》鳴く
新涼や今日一日も生きられる
この年も災いばかり三の酉
吉原を一廻りする一葉忌
燃え落ちる時に喝采おこる火事

池内さんとゲーテさん

この夏〔二〇一九年〕の、池内紀《おさむ》さん急逝の報には胆をつぶした。あんなに頭も体も逞しい人が！　とはいえやたら逞しいのではなくて、たまに出会えばおだやかな、南伸坊さんが描く通りのお顔でした。

「池内紀さんには一日が四十八時間あるのではと思ってしまう」と評したのは川本三郎さんで、まさに同感。ゲーテの『ファウスト』を絵入りの二巻本にして。『カフカ小説全集』全六巻に、ギュンター・グラス、カント等々、難解の定評のものを数々翻訳しまくる一方で、『温泉旅日記』『日本の森を歩く』『異国を楽しむ』『きまぐれ歴史散歩』『今夜もひとり居酒屋』等々の著書多数。山に登り、町を歩き、湯につかり。足にまかせて東京中を、日本中を、異国の町々もへめぐっておいでなのでした。

大学教授もしていたが、五十五歳ですっぱり辞めた。文学論に、人物論に、多彩な文筆活動の要点は六十代前半に『池内紀の仕事場』全八巻（みすず書房、二〇〇四―〇五年刊）にまとめた。自在な筆致のたのしさは『きょうもまた好奇心散歩』（新潮社、二〇一六年刊）の表題さながらで。そして本年七月刊の『ヒトラーの時代』（中公新書）を最後に、享年七十八。

私の友人に石井紀男《のりお》、河内紀《かなめ》、福島紀幸《のりゆき》という人たちがいて、池内紀さんと同年の生まれです。その昭和十五年（一九四〇）は紀元二千六百年。神武天皇の即位からかぞえてそうなる、ということで国を挙げて奉祝の年でした。日中戦争がだらだらつづいてうんざりの気分を締め直し、翌年末には太平洋戦争へ突入してしまう。たまたまこの年に産まれた子へ、親たちは記念の命名でしたろう。

ただし、ご当人たちがものごころついたのは五年後の敗戦の頃だな。この国をがんじがらめの権力がほぼ崩壊の、いわばまっさらな自由の時節に耳目をひらいた。そして浮き世の変遷へ、ういういしく歩みだした。団塊の世代の兄貴分のご連中です。

文豪ゲーテ。だれもが恐れ入る歴史上の大人物にも『ゲーテさんこんばんは』（集英社、二〇〇一年刊）と、池内紀さんは気安く呼びかけて、「あとがき」にこう記す。ゲーテは三十七歳ではじめてイタリアへ旅して、ヴェネツィアに到着した。食事を済ませるとすぐ宿を出た。憧れの都で心がはやるが、「行動は風変わりだ。地図を持たず、方位だけに気をくばりながら、見知らぬ町へと入っていく。ひたすら自分の目と脚が頼り。二日目も同じく地図なしに遠い地区へ入りこんだ」。誰にも道をたずねもせず、ひたすら自分の耳目を働かす。情報が感覚を怠惰にすることを心得ていた。「三日目、ゲーテはようやく地図を開いて脚の記憶とひきくらべた。それから聖マルコ広場の塔に上がって、全市を俯瞰した」

そっくりこれは、池内紀さんの歩き方でもあったのにちがいない。

もうひとつ引用しよう。『ファウスト』第二部の「解説」より。いずれはゲーテを読もうときめていて、気がつくともう十分に年をとったので読みはじめた。「なじんでみると、ゲーテという人、ことのほか旅好き、山好き、温泉好き、女好き……。身につまされるところがあったりする」

書くことも好きのひとつでのびのびと、ときには自他へ容赦なく。ものを書くことの要諦は、どのつまり絶えず正直であること……でしょうなぁ。

本誌「うえの」に、池内紀さんは再々登場された。三十年余に五十三回か。美術に、音楽に、ドイツやイタリーの各地にウィーンに、じつに手広く、どれも読みごたえがあった。なにやら底が知れない頭脳を乗せて、にこにこしておられるのでした。

この人は、スマホもケータイも持たず、お家にテレビさえないという。それで自在に、好奇心の塊りだったのだ。ゲーテにスマホが似合うものですか。

東京の人・坪内祐三

坪内祐三さんは、まず「東京人」の編集者として現れた。老成した感じの若者でした。三十余年も前のことだ。いずれ同誌の編集長にもなる人材とみえました。だから三年後に、辞めたと聞いたときはおどろいた。早まるな落ち着け、と手遅れの忠告をしたおぼえがあります。

その彼が、文筆家として、みるみる活躍の場をひろげてゆく。やがて初期の大作『靖国』（新潮社、一九九九年刊）が現れた。幕末以降の日本近代化の歩みを、九段坂上あたりを舞台に、雑談風に語って発見に満ちている。靖国神社の境内をくまなく歩き回ったことが発想の基で、たまたま近所に「東京人」編集部があり、勤務中のそのころぶらりとここらを散歩していた。そのおかげだから、やはりこの人は雑誌「東京人」からスタートした作家ですよ。

つづいて『古くさいぞ私は』（晶文社、二〇〇〇年刊）が出て。南伸坊さんの装丁挿画がおもしろく、しかも本文の組みが一段、二段、三段と入り混じる。神保町の古本屋めぐりからはじまって、古本の森のなかを経めぐり、古人今人に出会ってゆく。そのさまを、中川六平さんという賑やかな編集者が、誰彼と寄り合ってつくったような本でした。

しかしタイトルは気むずかしい。本文だってすらすら読めはするが気安くはない。この人は、おそらく生来の気むずかしさを隠しもしないで、それでいて、いや、だから信頼もされた人柄ではないかなぁ。

おもえば坪内さん本人と、さほどに出会ってはいません。毎年真夏の宮武外骨忌に染井墓地で顔を合わせたぐらいか。ふだんに身近に感じてはいた。「うえの」というタウン誌に多少私は係わっていて、たびたびご寄稿ねがいたいお一人でした。世田谷育ちの人に下町は縁遠くても、両国の大相撲について見巧者の文を、あの若さで書いてくれる人が、ざらに居るものですか。

その後の著書多数のうち、ときには寄贈していただいたが。書店でみかけて手にとることはあり『総理大臣になりたい』(講談社、二〇一三年刊)が突拍子もなかった。「私は権力が嫌いだ。でも、このままでは日本がダメになる」と正面切って、全文語り下ろしの、組閣までしている冗談本ではあるな。権力層に通じる環境に育った、この人ならではの冗談にせよ。外骨忌の折に、さっそく冷やかした。「あれは半分本気だぜ」

薄ら笑いの表情でおられたが。冷やかしは半分敬意でした。権力には無関係とお高くとまって従順な諸君よ、すこしは見習うべきだろうか。リーダーが哲学と知性を欠いたらこのざまの、まさに先取りの憂慮でした。

『新・旧銀座八丁 東と西』（講談社、二〇一八年刊）は、最晩年の著書となってしまったが。文中に私もチラと登場します。私は銀座のはずれの西八丁目の育ちで、当時のうろおぼえの界隈地図を小著『私のつづりかた』に載せた。それを坪内さんはとりあげて、わが家の並びに「洋服屋」とだけあるのは「増田洋服店」で、そこは烏山ビルだと指摘して、烏山商店の江戸からの由来まで書いておられる。仰天しました。由緒の店とわが家のような泡沫店が入り混じるのが盛り場なので、それをこうもさらりと、いや調べぬいてこその記述なのだ。坪内家の書庫の奥深さは、いやいや、やはりご当人の日常坐臥《ざが》の蓄積からの滴りでしょう。

育ち盛りには、日ごろ親たちからこう言われていました。表通りはお客様用だ、ガキどもはうろちょろするな。かまわずうろちょろしたが、躾はけっこう身に沁みます。本書の中身は案の定、おおかた私の知らない銀座のお客様の話でした。

しかしやはり懐かしい。銀座で封切り映画を観て安食堂で飯を食う、などは若いころは世代を越えて共通するようだし。奥村書店も、銀座ならではの味のある古本屋でしたねぇ。とお噂が過去形になるのは、ついさきごろ忽然と閉店してしまったから。

そして、それこそ忽然と……。坪内さんは生来健康な体質だったのでしょう。早稲田の大学時代に余興で人力車を引いてみせたとか。文章に弱音も泣き言もなかった。私が目にするかぎりでは。関心のおもむくままに語ってゆく、芯の勁《つよ》い人の文体だった。それで坪内さん、あなたは自在に仕事をやりすぎたのだよなぁ、たぶん常人の倍ほどにも。酒も飲みすぎたんではないですか、銀座や六本木のバカ高いお酒を。

池内紀さんの仕事ぶりは一日が四十八時間もある人みたい、という評判でした。その伝でいえば、あなたは享年百二十二かもしれないよ。池内さんも坪内さんも、もう出会えないなんて信じられない。私もまもなく消えますので、またお会いしましょう外骨忌で。

花吹雪　「賛々語々」遺稿

あっ彼は此の世に居ないんだった葉ざくら　澄子

たとえば池内紀。たとえば坪内祐三。お若いころにたまたま知り合い、その後も浅いご縁ながら深く信頼してきた人々が、突如に居なくなりました。右の句は池田澄子句集『此処』（朔出版、二〇二〇年刊）より。

両氏とも、出会いは年に一、二度もありやなしでしたが、気配は常に感じていた。その盛んな著述が途絶えるとはいえ、新刊は続くし、葬儀にも出向けなかったので、こちらの気分はほぼ変わらず。なまじ頭が死亡と承知しているのが気に食わない。

おもえばそういう人々が、年ごとに増える一方です。さかのぼれば花田清輝が亡くなって約半世紀、葬儀で骨を拾っているものの、享年六十五の人の猫背気味の背中に、ながらく畏怖をおぼえてきました。同年の生まれの長谷川四郎は享年七十七。ぶっきらぼうな背中が懐かしい。老来かえって幼な友達が甦ったり、あの人ともこの人とも、生者も死者もごちゃまぜで長い歳月を、なにかと胸裡で付き合ってきた。

いまさら気づけば、おおかたがもはや死者ではないのか。現況は芥川賞も直木賞も関心がなくて知らぬ人ばかり。つまり私は、おおかたあの世の人たちと共に生きている。後期高齢者に通例のことか。その大量の想念を想えば、この地球上には、あの世が霞のようにたなびいている。

正直そんな感じです。神や仏とは関係ないね。忘れえぬ人を想うときに、その気配がそこらにたなびいて当然ではないですか。

死骸ならば、この都会でまとめて見たこともあります。昭和二十年(一九四五)三月の東京大空襲の後に、下町の焼死体をトラックで運ぶのを見た。八月の敗戦後には、路傍で行き倒れを何人も見た。新宿の中学校へ登校時に倒れていて、下校時にやっと片付けられた。死骸はおおかた駅へ頭を向けていた。戦災の骨たちは、やがて両国の東京都慰霊堂に収まったはずです。行き倒れは、やはり都の霊園に施設がある。〔…〕

花吹雪あのひと生きていたっけが　澄子

編集付記

＊　本書は二〇二一年三月三日に逝去された著者の単行本未収録エッセイを集成したものである。以下に初出を示し、補足説明を付す。

非暴力の潮　「環」二〇一二年春、四十九号
わが俳句的日常　「NHK俳句」二〇一三年九—十月号（原題「小沢信男さんの俳句的日常」）
賛々語々　「みすず」二〇一六年十一月—二〇一八年四月号、二〇一八年六月—二〇二一年三月号

＊　第Ⅰ部は東日本大震災からコロナ禍まで、古今の俳句・川柳、五七五で切りとられた世相と日常。「賛々語々」は七十四回から百二十回までの計四十七回分（二〇一八年五月号は著者入院により休載）。一—七十三回（二〇一〇年四月—二〇一六年十月号）は『俳句世がたり』（岩波新書、二〇一六年）としてまとめられている。連載タイトルの由来について同書「はじめに」によれば「芭蕉このかたこんにちまであまたの先達各位の句集などから、おりおりにこころ惹かれる句々を手控えておこう。そうして日々の思案や感慨の、引きだし役やまとめ役になっていただくのはどうだろう。平成二十二年（二〇一〇）の初頭に、みすず書房の月刊誌「みすず」の表紙裏一頁へ連載を求められたときに、思いついたのが右の次第でした。月々の季節の移ろいにつれて、または継起する天下の出来事に目をみはりつつ、あちらの先達やこちらの知友の名吟佳吟と、いささか勝手ながらおつきあいいただいて三々五々、連れ立って歩いていこう。そこで題して「賛々語々」。なお本書帯背の「オ

モテナシ、裏ばかり?」は四十四回「燃ゆる都」(二〇一四年三月号)の締めの一文。

春は花見か?　「遊歩人」二〇〇六年三月号
俳句を歩く　鰹篇　「遊歩人」二〇〇三年五月号(原題「俳句を歩く　番外―鰹篇」)
ビールと俳句と　「遊歩人」二〇〇五年七月号
ソース焼きそば　「遊歩人」二〇〇三年八月号
妻と歩く　「遊歩人」二〇〇四年十月号
俳句でありがとう　「遊歩人」二〇〇七年一月号

＊　第II部はやや時代をさかのぼった俳句エッセイ。
二〇〇二年五月創刊の月刊誌「遊歩人」では当初不定期ながら「句碑を手がかりに」俳句・川柳ゆかりの街を散策する連載「俳句を歩く」を書きつぐ予定が、月々の特集内執筆者として原稿依頼されることが多くなり、あるいは同時期に進行していた『東京骨灰紀行』(筑摩書房、二〇〇九年)執筆のための取材に重点が移されたからか連載本篇は三回掲載されるにとどまった(二〇〇二年六・十月号および二〇〇三年三月号)。「鰹篇」はその名残をとどめるタイトルで、他に「俳句を歩く　花火篇」(二〇〇四年七月号)もある。紙媒体としての「遊歩人」は二〇〇九年十月号、通巻九十号で休刊したが、その間著者はほぼ年三回の頻度で同誌にエッセイを寄稿していた。収録の六篇はいずれも特集テーマに沿って書かれたもの。「ソース焼きそば」冒頭句作者「巷児」は著者の俳号。以下、後藤比奈夫、大野朱香、下村舎利弗、五所平之助の句が続く。

江戸切絵図で歩く　「環」二〇一四年秋、五十九号
私説東京七富士塚　「東京人」二〇〇六年八月号
上野　「東京人」二〇〇七年四月号(原題「小沢信男さんが案内する上野の坂道」)

昭和四十年代、町名変更という大事件　「東京人」二〇〇五年五月号
銀座八丁目の風　「遊歩人」二〇〇七年九月号
新橋いまむかし　劇団民藝創立七十周年記念「どん底——1947・東京」パンフレット、二〇二一年四月
＊　第Ⅲ部は江戸東京、街歩きと今昔。
「銀座生まれの『昭和銀座物語』」（共著『世界から見た20世紀の日本』山川出版社、二〇一六年、所収）をはじめ銀座をめぐるエッセイは種々あるが、ここでは収録の一篇に絞った。「新橋いまむかし」は二〇二〇年二月に原稿依頼されたもの。コロナ禍のため上演、とともにパンフレット（「民藝の仲間」四百十七号）の発行も一年延期を余儀なくされた。なお「東京人」隔月連載「同行二人・東京を歩く」（一九九一年二月—一九九二年十一月号）を柱にした著書に『あの人と歩く東京』（筑摩書房、一九九三年）がある。

『アメリカ様』今昔　「別冊太陽」二百五十号「宮武外骨——頓智と反骨のジャーナリスト」、二〇一七年五月
そのころと、唯今と　「社会評論」二〇一五年冬、百七十九号
汚い原稿の美しさ　河出書房新社編集部編『大西巨人——抒情と革命』河出書房新社、二〇一四年
『遠い城』を眺めて　詩誌「P」九十六号、二〇二〇年（「げんげ通信」十六号、二〇二一年に再録）
津野海太郎と新日本文学会　「本の雑誌」二〇二一年四月号
回想・神田貞三と私　「全遁川柳」九十八号、二〇一六年六月十五日
池内さんとゲーテさん　「うえの」二〇一九年十二月号
東京の人・坪内祐三　「ユリイカ」二〇二〇年五月号
花吹雪　「みすず」二〇二一年六月号
＊　第Ⅳ部は戦後文芸こぼれ話、『通り過ぎた人々』（みすず書房、二〇〇七年）拾遺。
「『アメリカ様』今昔」は、本書第Ⅰ部「非暴力の潮」および「わが俳句的日常」の二篇「百寿とは」「暗き世に

爆ぜ」とともに著者のパソコンに残るワード文書において「非暴力の潮・暗き世に・アメリカ様」として、また「池内さんとゲーテさん」「東京の人・坪内祐三」は「池内紀・坪内祐三」としてひとつにまとめられていた。「汚い原稿の美しさ」については「贅々語々」五十三回「下京や」（二〇一四年十二月号）に「先輩大西巨人を偲ぶ小文を四月に書いた」との言及がある（前掲『俳句世がたり』所収）。記録芸術の会の機関誌「現代芸術」は勁草書房で月刊となる前にみすず書房から季刊で発行されており、一九五八年のみすず書房版創刊号に掲載されたのが著者の「徽章と靴——東京落日譜」である（『東京の人に送る恋文』晶文社、一九七五年、所収。改題のうえ『ぼくの東京全集』ちくま文庫、二〇一七年に再録）。

「花吹雪」は著者没後に三重子夫人によって発見された遺稿（ワード文書名「贅々語々121花吹雪」）。末尾の句の前にある空欄（本書では〔…〕と表記）はそこに書き足されるべき節（二十字詰めで十六行）を示している。デスクトップパソコンおよびノートパソコンの同名文書には異同があり、収録したのは前者のほうだが、最終変更日時は前者が三月一日午前十一時三十四分、後者が三月三日午後五時五十一分で、後者では「正直そんな感じです」以下の二節が消去されていた。三月三日午前十時ごろ、「げんげ忌」世話人でもある西田書店の日高徳迪氏に著者が入院先の病院から携帯電話でノートパソコンを届けてほしいと依頼したのは、締め切り日の迫っていたこの原稿を仕上げるためだったと思われる。昼少し前、コロナ禍で面会謝絶ながらパソコンは届けられたものの、同日午後十一時四十七分に永眠。未完成ながら絶筆ゆえここに収録する次第である。ちなみに百二十回目の原稿が編集担当者宛に送られてきたのは二月四日。メールは「そろそろもうバタリと倒れるかも。お含みおきください。多年のご交誼、ありがとう」と結ばれていた。

＊　文書・図版収集に際し著者のパソコン指南役を務めたデザイナー古藤祐介氏、文源庫代表・石井紀男氏、「うえの」編集人・真辺晶子氏、劇団民藝制作部・北村香萌子氏、筑摩書房第一編集室・河内卓氏のご協力を得た。感謝いたします。

著者略歴

(おざわ・のぶお)

1927年，東京都芝区（現・港区）新橋に生まれる．作家．日本大学芸術学部卒業．著書『わが忘れなば』（晶文社1965）『若きマチュウの悩み』（創樹社1973）『東京の人に送る恋文』（晶文社1975）『犯罪専科』（東邦出版社1978／河出文庫1985）『犯罪紳士録』（筑摩書房1980／ちくま文庫1990）『いま・むかし東京逍遥』（晶文社1983）『書生と車夫の東京』（作品社1986）『東京百景』（河出書房新社1989）『あの人と歩く東京』（筑摩書房1993）『全句集 んの字』（大日本印刷 ICC 本部2000）『裸の大将一代記』（筑摩書房2000／ちくま文庫2008／桑原武夫学芸賞）『悲願千人斬の女』（筑摩書房2004）『通り過ぎた人々』（みすず書房2007）『東京骨灰紀行』（筑摩書房2009／ちくま文庫2012）『本の立ち話』（西田書店2012）『捨身なひと』（晶文社2013）『俳句世がたり』（岩波新書2016）『私のつづりかた』（筑摩書房2017）『ぼくの東京全集』（ちくま文庫2017）ほか．2021年３月３日死去．

小沢信男

暗き世に爆ぜ

俳句的日常

2021年 8月 6日　第1刷発行

発行所　株式会社 みすず書房
〒113-0033　東京都文京区本郷2丁目20-7
電話　03-3814-0131(営業)　03-3815-9181(編集)
www.msz.co.jp

本文印刷所　精文堂印刷
扉・表紙・カバー印刷所　リヒトプランニング
製本所　誠製本

ISBN 978-4-622-09031-1
［くらきよにはぜ］